BIBLIOTHÈQUE

FACÉTIEUSE

HISTORIQUE ET SINGULIÈRE

2e *Livraison.*

BIBLIOTHÈQUE
FACÉTIEUSE
HISTORIQUE ET SINGULIÈRE

OU RÉIMPRESSION

DE PIÈCES CURIEUSES, RARES OU PEU CONNUES
DES XVe, XVIe ET XVIIe SIÈCLES

NON SOLUS

PARIS
CHEZ A. CLAUDIN, LIBRAIRE
12, RUE D'ANJOU-DAUPHINE
(AU PREMIER)

M. DCCC. LVIII.

CHANSONS

DE

GAVLTIER GARGVILLE

Paris. — Imprimé par E. THUNOT et Ce,
rue Racine, n° 26.

LE VRAY POVRTRAICT

DE L'EFFECTIF GAVLTIER GARGVILLE.

LES

CHANSONS

FOLASTRES ET RÉCRÉATIVES

de

GAVLTIER GARGVILLE

COMEDIEN ORDINAIRE DE L'HOSTEL DE BOURGONGNE

Nouvellement revues, corrigées et augmentées oultre les précédentes impressions

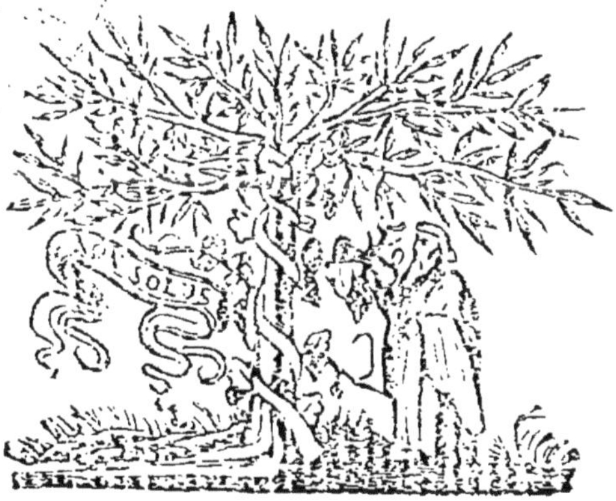

PARIS

CHEZ A. CLAUDIN, LIBRAIRE

RUE D'ANJOU-DAUPHINE, N° 12

(AU PREMIER)

M. DCCC. LVIII

TIRÉ A 300 EXEMPLAIRES.

Papier vergé	200	exempl.
— de couleur	30	—
— de Chine	10	—
Grand papier de Hollande	40	—
— de couleur	15	—
— de Chine	5	—
	300	exempl.

LES CHANSONS

DE

GAULTIER GARGUILLE

AUX

CURIEUX

QUI CHÉRISSENT LA SCÈNE FRANÇOISE.

Le froid humide du dernier voyage de Compiègne m'ayant enroué la gargamelle comme une charette mal graissée, je me suis consolé en mon affliction, ainsi que font ces vieux bourguemaistres d'Allemagne, qui, ne pouvans plus continuer la bonne chere accoustumée, à cause de l'indigestion de leur estomach, se contentent de faire trinquer et festiner leurs valets en leur présence, se servant en ces repas des yeux pour faire l'office de la bouche : de mesme, voyant qu'il ne m'estoit plus possible d'entonner l'air de mes agréables chansons, je me suis advisé de les faire imprimer, afin d'avoir le plaisir, ou de les ouyr chanter devant moy par d'autres, ou bien, les lisant, de les marmotter moy-mesme en basse notte ; mais à présent qu'Apollon, en faveur des Muses, m'a faict recouvrer une bonne partie de l'original de ma voix, je vous en offre, en ce Recueil, la copie, pour vous divertir quelque fois durant ce prochain car-

naval. Que si ce portrait ne vous satisfait entièrement, vous pourrez venir voir le personnage vivant, ou au Louvre [1], *ou en nostre théâtre ordinaire. C'est,*

Messieurs,

L'effectif GAULTIER-GARGUILLE,

Qui vous baise tout ce qui se peut baiser sans préjudice de l'odorat.

1. Quand Louis XIII le faisoit venir, ce qui arrivoit souvent (Malherbe, *Lettre à Peiresc*, p. 312). Il ne s'en tenoit même pas à ces comédiens; il en admettoit d'autres à l'honneur de l'amuser : ainsi les Italiens, nouveaux venus alors, et dont parle encore Malherbe, p. 293; ainsi d'autres farceurs, Jehan du Magne, Doullin et Nicot, que nous ne connaîtrions pas sans une quittance qu'ils donnèrent pour une somme de 600 livres reçue du roi, le 10 décembre 1614, « en considération de ce qu'ils ont joué plusieurs comédies à la prière de Sa Majesté, au Louvre. » (*Catalogue d'une belle collection d'autographes dont la vente aura lieu le 3 décembre* 1857, etc. Paris, Laverdet, in-8, p. 42, n° 278.)

GAULTIER GARGUILLE

SUR SES CHANSONS.

—

SONNET.

En bouffonnant j'ay fait ces vers,
En bouffonnant je te les donne.
Ce n'est qu'une rime bouffonne;
Mais j'ay mis aujourd'huy mon esprit à
[l'envers.

Si je n'eusse aussi de travers
Taillé ma plume violonne[1],
Gaultier, ta grotesque personne
Verroit son nom voler aux coings de l'univers.

1. *Violon* se disoit alors pour un gueux, un pauvre diable, un *truand*. Il n'est resté de ce mot, dans cette acception, que le nom de la prison où l'on met encore ces sortes de mauvais sujets. Voy. Francisque-Michel, *Études de philologie comparée sur l'argot*, p. 420.

Mais non, tes chansons sont si belles,
Qu'il ne te faut point d'autres aisles,
Si tu n'aimes plustost voller en perroquet.

De moy, quand je sçaurois bien dire,
Je m'esclate si fort de rire,
Qu'à te voir seulement ma Muse a le hoquet.

APPROBATION.

Nous, soubs-signés, maistres ès arts comiques et récréatifs, certifions avoir leu curieusement le recueil des Chansons plaisantes du facétieux Gaultier Garguille, au quel nous n'avons rien trouvé qui ne soit capable non-seulement de desopiler la rate, mais de purger entièrement l'humeur mélancholique. En foi de quoy nous avons signé la présente approbation. A Paris, en l'hostel où l'on se fournit de ris pour le caresme[1], le dernier de décembre mil six cens trente-un.

TURLUPIN,
GROS-GUILLAUME.

1. Nous avons publié, dans nos *Variétés historiques et littéraires*, t. 2, p. 345-355, une pièce qui est une sorte de programme de l'hôtel de Bourgogne pour les jours gras de 1634. Qu'y promet-on ? des tragédies.

A
GAULTIER GARGUILLE
SUR SES CHANSONS.

—

STANCES.

Frenetiques esprits, humeurs mornes et
[sombres [1],
Visages déterrez qui feroient peur aux
Voicy le remède approuvé, [ombres,
, dégageant vos cœurs de la melancholie,
Lorsque vous l'aurez esprouvé,
Vous tirera des maux qu'apporte la folie.

Les meilleurs medecins qui dedans cette ville
Règlent nos passions et font mourrir la bile
Par tant de diverses façons
Ne pourroient pas chasser cette tristesse noire
En comparaison des Chansons
Qui viennent obliger aujourd'huy la mémoire.

Ce sont des airs de cour [2] que Paris idolâtre,
Qui sont les passe-temps qu'on rencontre au
Et les delices de nos jours; [théâtre,

1. VAR. Humeurs *mortes* et sombres, éditions de 1631 et de 1758.

2. Depuis le règne de Charles IX, c'étoit le nom qu'on donnoit aux chansons. Auparavant on les avoit appelées plus modestement *voix-de-ville*, d'où, quoi qu'on dise en faveur

En un mot, leur beauté ne peut estre exprimée
Que par la bouche des amours
Et par le bon recit qu'en fait la Renommée.

Elles pourroient charmer l'oreille d'un monarque,
Ressuciter un mort, faire rire la Parque,
Attirer le marbre et le fer;
Elles pourroient enfin eslever un trophée
Sur les puissances de l'enfer,
Que n'emporta jamais la musique d'Orphée.

Gaultier aura l'honneur que les plus belles dames
Emprunteront ses vers pour descrire leurs flames,
Et le dieu des neuf sœurs
Apprendra ses chansons pour donner des oracles,
Car leurs charmes et leurs douceurs
N'ont que trop de pouvoir pour faire des miracles.

Curieux qui cherchez des fleurs en toutes choses,
Qui forcez la nature à nous donner des roses
Dans la plus stérile saison,

de Basselin et de ses *vau-de-vire*, il me semble bien que le mot *vaudeville* est dérivé. Adrian Le Roy, dans son recueil publié en 1571, *Livre d'airs de cour miz sur le luth par Adrian Le Roy*, nous donne une preuve que l'une des deux appellations avoit succédé à l'autre. Dans sa dédicace *à très-excellente Caterine de Clermont, comtesse de Retz*, il dit, au sujet des chansons qui suivent dans son volume l'*Instruction pour la tablature du luth* : « Je me suis avisé de lui mettre en queue pour le seconder ce petit opuscule de chansons de la cour, beaucoup plus légères (que jadis on appeloit *voix-de-ville*, aujourd'hui *airs de cour*). » En 1561, Layolle avoit publié à Lyon *Chansons et voix-de-ville;* et en 1575, quoi qu'en eût dit A. Le Roy quatre ans auparavant, on voyoit encore paroître à Paris : *Recueil de chansons en forme de voix-de-ville*, par Jean Chardavoine.

Recevez cet autheur dont on n'a peu mesdire
Dans les termes de la raison,
Bien qu'il donne tousjours quelque sujet de rire [1].

PRIVILÈGE DU ROY.

Louys, par la grâce de Dieu, roy de France et de Navarre, à nos amez et féaux conseillers les gens tenans nos cours de parlement, conseillers de cours souveraines, et tous autres justiciers et officiers qu'il appartiendra, salut. Nostre cher et bien amé HUGUES GUÉRU, dit Fléchelles, l'un de nos comédiens ordinaires, nous a faict remonstrer qu'ayant composé un petit livre intitulé Les nouvelles chansons de GAULTIER GARGUILLE, il le désireroit mettre en lumière et faire imprimer; mais il craint qu'autres que celuy à qui il donneroit charge de l'imprimer ne le contrefissent et n'adjoutassent quelques autres chansons plus dissolues que les siennes, s'il ne luy estoit sur ce par nous pourveu de nos lettres nécessaires. A CES CAUSES, desirant favorablement traicter ledit Guéru, nous luy avons permis et permettons par ces presentes de faire imprimer, vendre et débiter ledit livre par tel imprimeur et libraire que bon luy semblera, pendant le temps et espace de dix ans à compter du jour qu'il sera achevé d'imprimer. Faisant très-expresses inhibitions et defenses à tous libraires, imprimeurs et autres, de quelque qualité et condition qu'ils soient, de contrefaire, tronquer ny altérer aucune chose dudit livre, en vendre ny debiter d'autres impressions que celle de celuy qui aura esté choisy par ledit exposant, ni mesme faire graver son portrait, à peine de confiscation des exemplaires qui se trouveront avoir esté imprimez durant ledit temps sans le congé et permission dudit exposant, et d'amende arbitraire. SI VOUS MANDONS que du contenu es dites presentes lettres de permission vous ayez à faire jouyr et user plainement et paisiblement ledit Guéru. Et au premier nostre huissier ou sergent sur ce requis, faire

1. Dans les anciennes éditions cette pièce est signée des initiales D. M.

pour l'expédition desdictes presentes tous exploicts requis et necessaires, sans demander placet, visa ne pareatis, et nonobstant clameur de haro, chartre normande, prise à partie, et lettres à ce contraires. A la charge toutes fois de mettre deux exemplaires dudit livre en nostre bibliothèque des Cordeliers de nostre bonne ville de Paris, et que mettant au commencement ou fin dudit livre autant des presentes ou extraict d'icelles, elles soient tenues pour signifiées. Car tel est nostre plaisir. DONNÉ à Paris, le quatriesme jour de mars, l'an de grâce mil six cent trente-un, et de nostre règne le vingt-cinquiesme.

Par le Roy en son conseil,
FARDOIL.

Ledit sieur Guéru a transporté le privilège cy-dessus à François Targa [1], marchand libraire, à Paris, pour en jouyr durant le temps porté par iceluy.

Achevé d'imprimer le dernier jour de décembre 1631.

1. Le même qui imprima une partie des livres de G. Naudé. Il étoit imprimeur de l'archevêque de Paris. Ainsi, en même temps que les présentes chansons, il imprimoit des mandemens. Plus loin, dans le *Testament de Gaultier Garguille,* le privilège cédé ici à Targa sera rappelé.

LES CHANSONS

DE

GAULTIER GARGUILLE

I

Un jour en me pourmenant
Dans l'espois d'un verd bocage,
Trouvay Philin et Philis
Qui faisoient un beau mesnage.
La la la la, ne riez pas tant,
Vous en feriez bien autant[1].

1. Ce refrain a pris place dans la *Comédie des chansons* (Ancien théâtre, t. 9, p. 136). Le mot *tant*, plusieurs fois répété, se rencontre en d'autres refrains. Je trouve dans la *Fleur des plus belles chansons*, 1614, in-12, deux exemples de l'emploi de ce mot comme onomatopée chantante : d'abord p. 192, la chanson

Mon père avoit des brébis tant,
Gentil petit casaquin blanc,
Il me les envoye gardant
Qui tant, qui tant me donne de la peine,
Et tu ne m'en donnas plus tant,
Gentil petit casaquin blanc, etc.

Puis, (p. 339), la *Chanson d'une dame de Troyes mal ma-*

Dans un lieu peu descouvert,
Pourtant ouvert à ma veüe,
Ils se servoient, pour lict vert,
D'une butte fort herbüe.
La la la la, ne riez pas tant,
Vous en feriez bien autant.

Philis baisoit son Philin ;
Philin en faisoit de mesme,
Et, luy touchant son tetin,
Monstroit une ardeur extrême.
La la la la, ne riez pas tant,
Vous en feriez bien autant.

Mais, helas! que vey-je au poinct
Que commençoit l'escarmouche?
Plustost, que ne vey-je point?
Amour, dy-le de ta bouche.
La la la la, ne riez pas tant,
Vous en feriez bien autant.

Je les veis, tous deux pasmez
Après un si doux martyre,
Les yeux à demy fermez,
Se regarder sans rien dire.
La la la la, ne riez pas tant,
Vous en feriez bien autant.

riée, qui se trouvoit aussi auparavant dans la *Fleur des chansons nouvelles*, Lyon, 1586 (Édit. des *Joyeusetez*, p. 122). Elle a pour refrain :

Je l'aimerois tant, tant, tant.

Un autre du même genre se trouve aussi dans la *Comédie des chansons*, p. 167. Enfin aujourd'hui encore, on emploie dans les vaudevilles un air qui doit être un souvenir de ceux-là.

Mais Philin, qui de plus beau
Veut r'attaquer l'entreprise,
Trouve là que son oyseau
Est poltron à la remise.
La la la la, ne riez pas tant,
Vous en feriez bien autant.

II

Mon compère a une fille [1],
Donne l'y, donne l'y de l'estrille [2],

1. Cette chanson a été donnée par Gouriet, dans ses *Personnages célèbres des rues de Paris*, t. 1, p. 145, au chapitre de Gaultier Garguille.

2. Ce vers, qui se répète à tous les couplets, a peut-être inspiré la chanson, très-énergique, dont je retrouve, dès 1704, le premier couplet dans le *Recueil des brunettes*, t. 2, p. 272. Je ne donnerai que le couplet suivant; on trouvera les autres dans le recueil de Wolff, *Altfranzœsische Volkslieder*, Leipzig, 1831, in-12, p. 145 :

Dans le fond d'une écurie
Un gros cocher amoureux
Peignoit d'un ton langoureux
L'excès de sa forte envie :
Morgué! si je la tenois,
Comme je l'étrille, trille,
Morgué! si je la tenois,
Comme je l'étrillerois.

On attribue souvent cette chanson à Collé; or, comme nous l'avons dit, elle étoit déjà imprimée en 1704, c'est-à-dire cinq ans avant la naissance de ce chansonnier. On la chantoit sur l'air du *Branle de Metz*, si fameux dès le temps de Louis XIII. Il fut employé alors pour la dix-huitième entrée du *Ballet du roi dansé à Chantilly, le jour de la mi-carême*, 1635. Il est noté dans le grand recueil manuscrit de Philidor, à la Bibliothèque du Conservatoire, t. III, p. 36. Il se trouve encore dans la *Clé du caveau*, sous le n° 1363.

Qui coud, qui brode et qui fille.
Ha! qu'il est heureux qui coud!
Donne l'y, donne l'y de l'estrille
Et de l'avoine au poinct du jour.

Qui coud, qui brode et qui fille,
Donne l'y, donne l'y de l'estrille,
Quand son père est à la ville.
Ha! qu'il est heureux qui coud!
Donne l'y, donne l'y de l'estrille
Et de l'avoine au poinct du jour.

Quand son père est à la ville,
Donne l'y, donne l'y de l'estrille,
Elle s'en va jouer aux quilles.
Ha! qu'il est heureux qui coud!
Donne l'y, donne l'y de l'estrille
Et de l'avoine au poinct du jour.

Elle s'en va jouer aux quilles,
Donne l'y, donne l'y de l'estrille,
Avecques son voisin Gilles.
Ha! qu'il est heureux qui coud!
Donne l'y, donne l'y de l'estrille
Et de l'avoine au poinct du jour.

Avecques son voisin Gilles,
Donne l'y, donne l'y de l'estrille,
Qui sans cesse la fretille.
Ha! qu'il est heureux qui coud!
Donne l'y, donne l'y de l'estrille
Et de l'avoine au poinct du jour.

Qui sans cesse la fretille,
Donne l'y, donne l'y de l'estrille,

Du bout de sa grosse esguille.
Ha! qu'il est heureux qui coud!
Donne l'y, donne l'y de l'estrille
Et de l'avoine au poinct du jour.

Du bout de sa grosse esguille,
Donne l'y, donne l'y de l'estrille,
Elle a tant dressé sa quille.
Ha! qu'il est heureux qui coud!
Donne l'y, donne l'y de l'estrille
Et de l'avoine au poinct du jour.

Elle a tant dressé sa quille,
Donne l'y, donne l'y de l'estrille,
Qu'il luy a faict une fille.
Ha! qu'il est heureux qui coud!
Donne l'y, donne l'y de l'estrille
Et de l'avoine au poinct du jour.

III

Quand Guillot vient de matine,
O! le bon mary, ma voisine,
Il baloye la cuisine
Et me va querir de l'eau.
O! le bon mary, ma voisine,
Il en faudra garder la peau.

Il baloye la cuisine,
O! le bon mary, ma voisine;
Il me va querir chopine,
Et si m'oste son chapeau.
O! le bon mary, ma voisine,
Il en faudra garder la peau.

Il me va querir chopine,
O! le bon mary, ma voisine.
Le plus souvent il devine
Comme un almanach nouveau.
O! le bon mary, ma voisine,
Il en faudra garder la peau.

Le plus souvent il devine,
O! le bon mary, ma voisine,
La nuict, entre les courtines,
Quand je veux faire de l'eau.
O! le bon mary, ma voisine,
Il en faudra garder la peau.

La nuict, entre les courtines,
O! le bon mary, ma voisine,
Il me donne la terrine
Et me faict le pied de veau.
O! le bon mary, ma voisine,
Il en faudra garder la peau.

IV

J'ay acquis une maistresse (*bis*),
Qui n'a rien que quatorze ans.
Le matin je la caresse,
Je luy donne sur la fesse.
Nous restons tous deux contens.
Et venez venez, fille fille, folle folle,
Fille folle, venez tous à mon escole,
Je vous en feray autant.

Quand ma maistresse est malade (*bis*),
Je luy sers de medecin.

Pour la rendre plus gaillarde
Je luy mets ma pastanade
Dedans son petit bassin.
Et venez venez, fille fille, folle folle, etc.,
Pour dancer les matassins.

La femme est d'une nature (*bis*)
Difficile à contenter.
Il luy faut la confiture
Vive de rouge teinture,
Elle meurt sans en gouster.
Et venez venez, fille fille, folle folle, etc.,
Je vous en feray taster.

Un jour, donnant un clistère (*bis*)
A un gros jeune fessier,
On me dit : Que veux-tu faire?
Gros lourdaut d'apoticaire,
Mets le pilon au mortier.
Et venez venez, fille fille, folle folle, etc.,
Je vous en feray gouster.

V

Un beau matin je rencontray
Margot le long d'une prairie.
Tout soudain je luy demandai
D'où venoit sa melancholie.
Elle dit qu'elle n'avoit pas
De chair pour faire un bon repas.

Je luy offris mon petit cœur.
La petite se prit à rire,
Me protestant qu'à mon humeur

Elle ne treuvoit rien à dire.
Mais certes je n'avois pas
De quoy luy faire un bon repas.

Je luy mis dans sa belle main
Une poignée de pistoles.
Elle me dit qu'elle avoit faim,
Qu'à mon argent et mes paroles
La pauvrette ne treuvoit pas
De quoy luy faire un bon repas.

Après avoir bien recogneu
L'intention de cette belle,
Je luy feis voir mon corps à nud.
Ah! monsieur mon amy, dit-elle,
Asteure je ne doute pas
De faire un excellent repas.

La mauvaise ayant bien repeu,
Elle faict de la desplaisante.
Moy qui ay faict ce que j'ay peu
Afin de la rendre contente,
Elle jure que je n'avois pas
Pour luy faire un autre repas.

VI

Un jour allant voir ma mie,
Un jour allant voir ma mie,
De chier me prit envie;
Je m'escorchay tout le trou.
Jamais en jour de ma vie
Je ne chiray que debout.

Je m'assis sur une ortie,
Je m'assis sur une ortie.
Au cul me vint la vessie;
Je me picquay par le bout.
Jamais en jour de ma vie
Je ne chiray que debout.

Soufflez-y sans qu'on en rie,
Soufflez-y sans qu'on en rie,
Afin que plus je ne crie,
Je seray guery du tout.
Jamais en jour de ma vie
Je ne chiray que debout.

Ou lèche m'y, je t'en prie,
Ou lèche m'y, je t'en prie.
Tout homme qui pette et chie
N'a pas torche-cul tousjours.
Jamais en toute ma vie
Je ne chiray que debout.

VII

Comment filerois-je?
Je suis sans fusée.
Mon mary me bat, la la,
J'en suis bien faschée;
Mais plus il me battera
Je feray tousjours cela.
File Margot, file file comme moy.

Comment filerois-je?
Je n'ay point de laine.
Mon mary me bat, la la,

Trois fois la semaine;
Mais plus il me battera
Je feray tousjours cela.
File Margot, file file comme moy.

Comment filerois-je?
Je n'ay point de chanvre.
Mon mary me bat, la la,
Dedans nostre chambre;
Mais plus il me battera
Je feray tousjours cela.
File Margot, file file comme moy.

Comment filerois-je?
J'ay mal à la teste.
Mon mary me bat, la la,
Ce n'est qu'une beste;
Mais plus il me battera
Je feray tousjours cela.
File Margot, file file comme moy.

VIII

Belle, je vous offre un oyseau
Qui est eschapé de la mue[1];
Mais il luy manque le cerveau
Et la plus grand'part de la queue.
Si vous le muez[2] à loisir,
Il vous donnera du plaisir.

1. Cage où l'on enfermoit les oiseaux, notamment les faucons.
2. *Muer*, mettre en cage, loger.

Cet oyseau, roide et bien volant,
Faisoit merveille à son servage.
Asteure, en caresme-prenant,
Belles, mettez-le dans la cage.
Si vous le muez à loisir,
Il vous donnera du plaisir.

Ce brave oyseau, fin et subtil,
Ayme le poil comme la plume.
Mais quand il vole le connil [1],
Il est si aspre qu'il s'enrume.
Si vous le muez à loisir,
Il vous donnera du plaisir.

Nostre oyseau ne se perdra point,
Il a de fort bonnes sonnettes.
Ayez-en tant soit peu soucy,
Il servira tant que vous estes.
Surtout, muez-le de loisir,
Il vous donnera du plaisir.

Il est bouffon au dernier point,
Car aussi tost qu'il void le leurre
Il vient roide dessus le poing;
Et tant soit peu qu'il y demeure,
Il vous donnera du plaisir
Si vous le muez à loisir.

IX [2]

Vous pouvez faire la belle, (*bis*)
Mais de passer pour pucelle

1. Quand il est en chasse contre les lapins.
2. Cette chanson est la trentième des *Chansons récréatives*

Cela vous est interdit,
Car vous estes plus cognue
Qu'une fille dissolue.
Mon petit doigt me l'a dit[1].

Vous faictes de la finette, (*bis*)
En touchant une espinette,
Dont le son nous estourdit.
Vostre desir vous propose
De toucher quelque autre chose.
Mon petit doigt me l'a dit.

du Nouveau Parnasse des Muses, édition de Paris, 1634. Dans Gaultier Garguille on ne trouve que les 1er, 2e 7e et 12e couplets; il y a aussi quelques variantes. Le texte que nous donnons est celui du Parnasse des muses.

1. Ce refrain, que nous trouvons dans la *Comédie des chansons* (Ancien théâtre, t. 9, p. 167), fut quelque temps à la mode; on l'avoit adapté à boucoup de chansons. Saint-Amant parle de cette vogue, quand il dit à la fin du *Poëte crotté* (*Œuvres*, édit. Ch. Livet, t. 1, p. 236) :

. . . . La chanson nouvelle
Qui maintenant est en crédit :
Mon petit doigt me l'a dit.

Voiture nous apprend qu'on la chantoit dans la société de madame de Rambouillet. « Nous chantâmes en chemin, écrit-il dans une de ses *lettres*, une infinité de *sçavant*, de *petit-doit*, de *bons soirs*, de *pons bretons*. » (*Œuvres*, 1713, in-8, p. 24.) Dans *Le doux entretien des bonnes compagnies*, Paris, Guignard, 1634, in-12, se trouve une chanson avec ce même refrain. C'est la trente-cinquième du recueil; elle n'a pas moins de vingt-un couplets. Je n'en citerai qu'un, dirigé contre Anne d'Autriche et Buckingham :

Dans Conflans une bergère,
Qui ne fut jamais légère,
Sur l'herbette s'endormit,
Songeant que dans l'Angleterre
Un amant lui fait la guerre.
Mon petit doigt me l'a dit.

Il paroît pourtant qu'à cette époque c'étoit déjà un refrain

Vous estes de belle taille; (*bis*)
Pour combattre à la bataille,
Tousjours le cœur vous en dit.
Vostre belle humeur ne butte
Qu'à faire la culle butte.
Mon petit doigt me l'a dit.

Souvent vous mettez la pièce (*bis*)
Pour recevoir les caresses
De quelque jeune estourdy,
Qui va disant par la rue
Qu'il vous a veue toute nue.
Mon petit doigt me l'a dit.

Vous faites souvent la chose (*bis*)
Que vostre cœur se propose
Avecques cest estourdy,
Et puis après il se vante
D'avoir bouché vostre fente.
Mon petit doigt me l'a dit.

moins couru. Je lis en effet, au second couplet de la 14e chanson du même recueil, le *Caquet des femmes* :

Les *Ponts-Bretons* charmèrent
Autrefois nos esprits,
Les *Petits-doigts* gaignèrent
Bientôt après le prix;
Mais maintenant on le blasme
De n'estre pas curieux.
Quand les femmes sont ensemble,
Leur caquet vaut beaucoup mieux.

Pendant la révolution une variante de ce refrain fut un instant à la mode. Quand le général Beurnonville eut envoyé le bulletin de la fameuse affaire qui n'avoit coûté que le petit doigt d'un tambour, on fit une chanson dont chaque couplet finissoit ainsi :

Hola! citoyen Burnonville,
Le petit doigt n'a pas tout dit.

Vous avez la gorge belle; (*bis*)
Cupidon en sentinelle,
De là chacun assaillit,
Mais quand on vient à la touche
On voit que ce n'est que mouche.
Mon petit doigt me l'a dit.

L'autre jour dans un boccage, (*bis*)
Un garçon du voisinage
Sur l'herbe vous estendit,
Et, vous ayant descouverte,
Vous donna la cotte verte.
Mon petit doigt me l'a dit.

Blanchefleur est resolue, (*bis*)
Quand la cour sera venue,
D'employer tout son crédit,
Et si on ne la marie
Elle fera la folie.
Mon petit doigt me l'a dit.

La Caliste n'est pas duppe, (*bis*)
Laissant couler souz sa juppe
Un lievre qui la poursuit,
Et, craignant qu'on le descouvre,
Elle le met dans son Louvre.
Mon petit doigt me l'a dit.

J'ay trouvé celle que j'ayme (*bis*)
Avec un visage blesme
Languissant dedans un lict.
Je croy qu'elle avoit envie
D'avoir de mon eau de vie.
Mon petit doigt me l'a dit.

Mesmes depuis en cachette (*bis*)
Vous rompistes une couchette
Dont le debris s'entendit,
Et durant cette manie
Vous estiez en compagnie.
Mon petit doigt me l'a dit.

Caliste, la chaste dame, (*bis*)
A quelque chose dans l'ame
Qui la travaille un petit.
Qu'elle n'en ait point de honte,
Je sçay bien que c'est un comte,
Mon petit doigt me l'a dit.

Propre à tout, tu fais du sage, (*bis*)
Mais l'on t'a veu en dommage
Au logis de la Petit.
Tu voulois lever la cotte
De la belle huguenotte.
Mon petit doigt me l'a dit.

X

A l'ombre d'une fougère, (*bis*)
Tout proche d'un jeune bois,
J'ay tant foulé l'herbette
Que j'en suis presque aux abois.

J'ay rencontré une fille (*bis*)
Qui chantoit à haute voix :
J'ay tant foulé l'herbette
Que j'en suis presque aux abois.

Au son de la chansonnette (*bis*)
Respondit un villageois :
J'ay tant foulé l'herbette
Que j'en suis presque aux abois.

En jouant sur sa musette, (*bis*)
Luy disoit en son patois :
J'ay tant foulé l'herbette
Que j'en suis presque aux abois.

En foulant l'herbe mollette (*bis*)
Baise moy cinq ou six fois.
J'ay tant foulé l'herbette
Que j'en suis presque aux abois.

La fillette fut follette, (*bis*)
Luy donna sur son minois.
J'ay tant foulé l'herbette
Que j'en suis presque aux abois.

Et puis il fit la chosette (*bis*)
Qui luy a duré neuf mois.
J'ay tant foulé l'herbette
Que j'en suis presque aux abois.

XI

L'autre jour un gentil galand
Se plaignoit à sa belle-mère
Que sa femme se va plaignant,
La larme à l'œil, à sa commère,
Que ce luy est chose bien amère
De le faire ainsi nuict et jour.
Fessez, fessez, ce dit la mère,
La peau du cul revient tousjours.

Ma mère, ce dit le beau fils,
Jamais je n'en veis de si fière.
L'autre des jours quand je luy fis
Elle tournoit le cul arrière.
Mais elle est bonne mesnagère,
Voila qui est tout mon recours.
Fessez, fessez, ce dit la mère,
La peau du cul revient tousjours.

Quand je reviens du cabaret,
Elle faict sabbat de sorcière,
Et moy d'un manche de balay
Je vous luy taille des croupières.
Puis barbiers et apoticaires
Tirent tout l'argent de chez nous.
Fessez, fessez, dit la commère,
La peau du cul revient toujours.

XII

En m'en revenant de Gascogne
Je passay par le Poictou.
Je rencontray un pauvre homme
Qui geloit dessoubs un chou.
Je le vey, je le vey, ma commère,
Je le vey dur comme un caillou.

Je rencontray un pauvre homme
Qui geloit dessoubs des choux.
J'eus peur que, la nuict venue,
Il ne fust mangé des loups.
Je le vey, je le vey, ma commère,
Je le vey dur comme un caillou.

J'eus peur que, la nuict venue,
Il ne fust mangé des loups.
Je le mis soubs mes esselles
Et le chargeay sur mon cou.
Je le vey, je le vey, ma commère,
Je le vey dur comme un caillou.

Je le mis soubs mes esselles
Et le chargeay sur mon cou.
Quand il fut dedans ma chambre
Il avoit perdu le pouls.
Je le vey, je le vey, ma commère,
Je le vey dur comme un caillou.

Quand il fut dedans ma chambre
Il avoit perdu le pouls.
Je l'approche de mon hastre
Et le mis sur mes genoux.
Je le vey, je le vey, ma commère,
Je le vey dur comme un caillou.

Je l'approche de mon hastre
Et le mis sur mes genoux.
Je le frotte et le manie
Tant que je le mis debout.
Je le vey, je le vey, ma commère,
Je le vey dur comme un caillou.

Je le frotte et le manie
Tant que je le mis debout.
Nous cheusmes tous deux ensemble,
Luy dessus et moy dessous.
Je le vey, je le vey, ma commère,
Je le vey dur comme un caillou.

Nous cheusmes tous deux ensemble,
Luy dessus et moy dessoubs.
Pour me payer de mes peines,
Me baisa cinq ou six coups.
Je le vey, je le vey, ma commère,
Je le vey dur comme un caillou.

XIII

Ouvrez-nous, la belle hostesse [1],
Voicy nostre bulletin :

1. Cette chanson est de celles que Wolf a reproduites. Voy. p. 115 de son *Recueil*, déjà cité. Elle est du genre de ces chansons d'aventuriers dont il y eut un si grand nombre au XVIe siècle, et qui rouloient presque toujours sur un sujet comme celui-ci : L'arrivée dans une hôtellerie de quelques soudards, dont les premiers mots étoient un salut grivois pour l'hôtesse, et des gaillardises pour la chambrière. De ces chansons il en est une que je trouve déjà dans le *Recueil* de Pierre Attaignant, publié en 1540, et qui se chante encore en quelques provinces; en voici deux couplets :

Nous étions trois compaignons
Qui allions
De là les monts;
Nous voulions
Faire grand' chère,
Sens devant derrière,
Si n'avions pas un sou,
Sens dessus dessous.

Quand on nous vit arriver,
On nous pria de souper
Avecque la chambrière,
Sens devant derrière;
Nous mangeâmes notre saoûl,
Sens dessus dessous.

Le Sage, dans sa pièce *La princesse de Carizim*, acte I, scène 2, fait chanter presque textuellement, par un de ses

Jusques à demain au matin
Logez un peu la jeunesse.
Trois pauvres soldats tous nuds
Seront-ils les bien venus?

Nous avons faict une ronde
Depuis la nuict jusqu'au jour.
Soubs l'enseigne de l'amour
Nous courons par tout le monde.
Trois pauvres soldats tous nuds
Seront-ils les bien venus?

Ne redoutez point nos armes,
Nature nous les donna,
Et l'Amour les façonna
Pour estre de ses gendarmes.

personnages, un couplet de cette chanson ; l'air est noté à la fin du volume (*Théâtre choisi* de Le Sage, Paris, 1821, in-12, t. 2, n° 107 de la musique). Béranger, qui ne savoit sans doute pas que cet air datoit du XVIe siècle, l'a aussi employé pour l'une de ses chansons, *le Rideau*. Les hôtesses et les chambrières d'hôtelleries jouoient souvent dans les chansons le rôle qu'on leur donne dans celle-ci. J'en sais, entre autres, une très-curieuse, et du XVIe siècle aussi, sur ces femmes de cabarets. Elle se trouve dans la *Fleur des chansons*, etc., Lyon, Benoît Rigaud, 1586 (édit. des *Joyeusetez*), p. 90. Elle a pour titre : *Chanson nouvelle des taverniers et tavernières;* nous n'en donnerons qu'un couplet :

S'il faut une chandelle
Pour aller vous coucher,
La chambrière belle
Vous faut pour la moucher;
Si elle est godinette,
Vous baisez sa bouchette
Un petit coup ou deux;
Si vous êtes bien sage,
C'est tout un du visage,
Mais gardez l'entre-deux.

Trois pauvres soldats tous nuds
Seront-ils les bien venus?

Nos mousquets n'ont point de flammes,
Tels bastons sont defendus;
Mais nos arcs sont bien tendus
Pour le service des dames.
Trois pauvres soldats tous nuds
Seront-ils les bien venus?

Je tremble de telle sorte
Que je crains le mal de dents;
J'entreray tout seul dedans,
Mes deux goujats à la porte.
Trois pauvres soldats tous nuds
Seront-ils les bien venus?

Je crains d'estre icy malade:
Ouvrez, belle, hardiment;
Si vous n'ouvrez vîtement
J'enfonce la barricade.
Trois pauvres soldats tous nuds
Seront-ils les bien venus?

XIV[1]

Je demanday à la vieille
Quel chapperon elle vouloit.

1. Cette chanson pourroit, si nous en avions besoin, nous être encore une preuve que Gaultier Garguille ne chantoit pas seulement ce qu'il avoit fait, mais puisoit volontiers dans le fonds populaire. Elle est beaucoup plus ancienne que lui; on la chantoit déjà du temps de François Ier. Quand les psaumes de Marot commencèrent d'être à la mode, comme Goudimel n'avoit pas encore fait la musique sur laquelle ils

La vieille m'a respondu :
D'un beau velours, s'il y en avoit.
Vous en aurez, vieille,
Vous en aurez donc.
Requinquez-vous, vieille,
Requinquez-vous donc.
Que ne vous requinquez-vous, vieille,
Que ne vous requinquez-vous donc.

Je demanday à la vieille
Quel colet elle vouloit.
La vieille m'a respondu :
D'un beau quintin, s'il y en avoit.
Vous en aurez, vieille,
Vous en aurez donc.
Requinquez-vous, vieille, etc.

furent chantés plus tard, et comme il falloit par conséquent leur ajuster des airs connus, celui que le roi choisit pour le psaume qu'il préféroit fut justement l'air de la vieille chanson : *Que ne vous requinquez-vous, vieille*. (Voy. Bayle, art. *Marot*, et Fétis, *Curiosités de la musique*, in-8, p. 374.) Étoit-ce sérieusement ou avec une intention de parodie que François Ier se servoit de cet air assez peu respectable? Son mauvais vouloir pour les protestans me feroit penser plutôt à une idée de parodie, de sa part. Ce n'est pas la première fois d'ailleurs que le vieux chant auroit servi à cet usage profanateur. Dans l'office de la *fête des fous*, c'est lui qu'on employoit pour le *Magnificat*. (Voy. l'excellent article de M. Pelissier, *Dict. de la conversation*, cinquante-sixième livraison, p. 11.) Il paroît même que dans certains *Missels* des diocèses du Midi il resta longtemps noté à cet endroit des vêpres. Neré, qui étoit précepteur des enfans de M. Champigny, intendant de justice à Aix, remarqua cette coutume ridicule à Aix, et s'en plaignit. Il en parla comme d'un intolérable scandale dans sa lettre à Gassendi (*Quærela ad Gassendum*, 1645, in-12, p. 72). C'est dans la Provence, comme ceci le prouve, et aussi dans le Languedoc, que cette chanson étoit surtout populaire. Odde de Triors la donne comme une chanson de Toulouse dans ses *Joyeuses*

Je demanday à la vieille
Quelle jupe elle vouloit.
La vieille m'a respondu :
D'un beau satin, s'il y en avoit.
Vous en aurez, vieille,
Vous en aurez donc.
Requinquez-vous, vieille,
Requinquez-vous donc.

Je demanday à la vieille
Quelle musique elle vouloit.
La vieille m'a respondu :
D'un flageolet, s'il y en avoit.
Vous en aurez, la vieille,
Vous en aurez donc.
Requinquez-vous, vieille, etc.

Recherches de la langue tolosaine, 2e édit., P. Jannet, 1847, in-8, p. 23 : « *Requinqua*, dit-il, proprement vaut autant à dire comme se reverdir et esgayer, et se dict coustumièrement ce verbe à gens qui sont naturellement songeards, mornes et taciturnes, et qui sont aussi peu éveillés qu'une teste de bœuf endormie près d'un buisson. Mais le plus souvent il se dit à vieilles gens, *juxtà vulgarem cantilenam tolosanam :*

Requinque te vieillo, requinque te donc,
Et per que non te requinques vieillo,
Et per que non te requinques donc. »

Le joueur de viole Maugars, ayant à se venger de la vieille vicomtesse d'Auchy, qui l'avoit renvoyé de son académie, ne trouva rien de mieux pour se venger que de lui chanter, un soir qu'il la rencontra chez madame de Tonnerre, la fameuse chanson redoutée des vieilles femmes : *Que ne vous requinquez*, etc. (Tallemant, édit. in-12, t. 2, p. 6.) Aujourd'hui elle se chante encore dans beaucoup de provinces; M. Mary Lafon, qui l'avoit entendue dans le Midi, en a reproduit un couplet à la page 11 de son roman *Jonas dans la baleine*. La ronde de la *Vieille*, si populaire chez les enfans, vient de cette même chanson. (Voy. *Chansons populaires de la France*, première édition ; Delloye, 56e livr.)

Je demanday à la vieille
Quelle viande elle vouloit.
La vieille m'a respondu :
D'une andouille, s'il y en avoit.
Vous en aurez, vieille,
Vous en aurez donc.
Requinquez-vous, vieille, etc.

XV [1]

Que je me plais soubs vostre loy! (*bis*)
Cloris, sitost que je vous voy [2],
Ma joye est sans seconde,
Car vous avez je ne sçay quoy
Qui charme tout le monde.

Vos desdains me sont des appas; (*bis*)
Vous me fuyez, je suis vos pas;
Vostre glace m'enflamme,
Et vous serez, jusqu'au trespas [3],
Princesse de mon ame.

Des peines je me rends vainqueur. (*bis*)
C'est en vain que vostre rigueur
Incessamment m'outrage;
Vous m'avez bien osté le cœur,
Mais non pas le courage.

Je sçay bien qu'un roy seulement (*bis*)
Est digne d'estre vostre amant,

1. Cette chanson est la quinzième du *Parnasse des Muses*.
2. VAR. du Parnasse des Muses :
Olympe, lorsque je vous voy.
3. VAR. : Mais vous serez jusqu'au trepas.

O ma douce cruelle!
Mais si je faux en vous aymant,
Au moins la faute est belle.

Si vous me voyez souspirer, (*bis*)
C'est que je ne puis desirer;
Ma gloire est trop petite,
Et mon humeur est d'espérer
Plus que je ne mérite.

XVI [1]

Je sçay une jolie chanson,
C'est de Robin et Janneton;
Ils ont couché ensemble, da,
Dame ne vous desplaise, da, (*bis*)
Dame ne vous desplaise.

Robin a dit à Janneton [2] :
Çà, que je baise ton teton,
Je te feray tant aise, da,
Dame ne vous desplaise, da, (*bis*)
Dame ne vous desplaise.

Quand Robin vit que Janneton
Se laissa baiser son teton,

1. Cette chanson est la seizième des *Chansons récréatives*, mises à la suite du *Nouveau Parnasse des Muses*, etc., 1634, in-12. Elle commence ainsi :

C'est de Robin, de Jeanneton,
. . . .
Ils ont couché ensemble, da.

2. Ce couplet, dans les *Chansons récréatives*, est le troisième, et *vice versâ*.

La jette à la renverse, da,
Dame ne vous desplaise, da, (*bis*)
Dame ne vous desplaise.

Or sus, Robin, recommençons;
Ce jeu cy me semble bon,
Et meilleur que des fraises, da [1],
Dame ne vous desplaise, da, (*bis*)
Dame ne vous desplaise.

Robin, si j'eusse bien pensé
Que tu te fusse si tost lassé,
Je fusse encore pucelle, da,
Dame ne vous desplaise, da, (*bis*)
Dame ne vous desplaise.

XVII [2]

Que l'amour est rigoureux!
Qu'il assortit mal ses flammes!
Quand j'estois jeune amoureux,
Il me fit hayr des dames.
Ores il m'offre des fillettes
Quand j'ay passé soixante ans;

1. VAR. : *Est* meilleur que des fraises, dà!

2. Cette chanson est une des plus jolies et des plus célèbres du recueil. La Borde l'a citée dans ses *Essais sur la musique*, t. 3, et après lui, Gouriet, dans ses *Personnages des rues de Paris*, parmi lesquels il fait figurer Gautier Garguille, t. 1, p. 144, etc. M. Adrien Decourcelles, qui a fait de notre farceur et de ses compères les héros d'une petite comédie en vers, jouée au Théâtre-François, en 1849, sous le titre de *Marinette*, a mis aussi dans la bouche de Gautier l'un des couplets de cette chanson.

Mais c'est donner des noisettes
A ceux qui n'ont plus de dents.

Quand j'estois vaillant soldat,
Chacun fuyoit ma rencontre;
Ores qu'on me livre au combat
Je ne puis que faire monstre :
Car de parler d'amourettes
A qui passe soixante ans,
Mais c'est donner des noisettes
A ceux qui n'ont plus de dents.

Estant garçon à louer,
Je bruslois auprès des filles,
Qui ne vouloient point jouer,
Ayant fait dresser les quilles.
Et maintenant ces fillettes
M'offrent leurs embrassements;
Mais c'est donner des noisettes
A ceux qui n'ont plus de dents.

Si l'on m'eust fait autrefois
Travailler à la journée,
J'eusse bien fendu du bois
Sans esmousser la coignée;
Mais de parler d'amourettes
A qui passe soixante ans,
C'est présenter des noisettes
A ceux qui n'ont plus de dents.

Les filles fuyoient mon eau,
Ma fontaine estant remplie,
Et chacune tend son seau
Lors que la source est tarie.

Retournez-vous-en, fillettes,
Vous prenez mal vostre temps;
Vous présentez des noisettes
A ceux qui n'ont plus de dents.

XVIII[1]

Et de mon asne
Qui en aura la teste?
Ce sera toy, lacquais;
La tienne est bien mauvaise.
Hélas! mon asne, tu te meurs,
Tu me fais mourir de peur.

Et de mon asne
Qui en aura la peau?
Ce sera vous, Monsieur,
Pour vous faire un manteau.
Hélas! mon asne, tu te meurs,
Tu me fais mourir de peur.

Et de mon asne
Qui en aura les oreilles?
Ce sera vous, Monsieur,
Pour pendre vos bouteilles.
Hélas! mon asne, tu te meurs,
Tu me fais mourir de peur.

1. Cette chanson est une des quatre que Wolf ait empruntées à Gautier Garguille pour son recueil *Altfranzœsische Volkslieder*, Leipzig, 1831, in-12, p. 117. Elle semble être un souvenir de la fête de l'âne. J'en ai entendu chanter une à peu près pareille à Orléans.

Et demon asne
Qui en aura les jambes?
Ce sera vous, Monsieur,
Pour danser sarabandes.
Hélas! mon asne, tu te meurs,
Tu me fais mourir de peur.

Et de mon asne
Qui en aura les yeux?
Ce sera vous, Monsieur,
Vous estes chacieux.
Hélas! mon asne, tu te meurs,
Tu me fais mourir de peur.

Et de mon asne
Qui en aura la queue?
Ce sera vous, Monsieur,
La vostre est trop menue.
Hélas! mon asne, tu te meurs,
Tu me fais mourir de peur.

Et de mon asne
Qui en aura l'esprit?
Ce sera vous, Monsieur,
Le vostre est bien petit.
Hélas! mon asne, tu te meurs,
Tu me fais mourir de peur.

XIX

Quelqu'un me dit en secret
Que ma femme est par trop gaillarde,
Et que, si je n'y prend garde,
Un jour j'en auray regret.

Mais je pense qu'il est plus doux
D'estre cocu que jaloux [1].

Je sçay bien que tous les jours
Elle apprend les affetteries,
Que le Cours et les Tuilleries
Sont ses escolles d'amour [2];
Mais je pense qu'il est plus doux
D'estre cocu que jaloux.

Je sçay bien que tous les jours,
Feignant d'aller voir sa voisine,
Ou visiter sa cousine,
Elle va voir ses amours;
Mais je pense qu'il est plus doux
D'estre cocu que jaloux.

Tout le plus grand reconfort
Qu'en ce mal je me promette
Est rendre ce qu'on me preste
Sans m'en affliger si fort,
Et de croire qu'il est plus doux
D'estre cocu que jaloux.

XX

En ce beau temps de vendange
Où chacun prend ses ébats,
Ne trouvez donc pas estrange
Si je grate ainsi mon bas.

1. Ce refrain et les deux vers qui le précèdent se retrouvent dans la *Comédie des chansons* (*Ancien théâtre*, édit. elzevir., t. 9, p. 145).
2. Voy. *Ancien théâtre*, t. 9, p. 146.

Pourquoy non, s'il me demange,
Ne le grateray-je pas ?

J'ay veu dedans nostre grange
La grosse fille à Colas,
Sur la paille qu'elle arrange,
Prendre un semblable soulas.
Pourquoy non, s'il me demange,
Ne le grateray-je pas ?

Elle me dit en contr'eschange
Que, me suivant pas à pas,
Par le trou d'une lozange[1]
Ellet vit mon petit cas.
Pourquoy non, s'il me demange,
Ne le grateray-je pas ?

Donnez-m'en blâme ou louange,
J'y trouve par trop d'appas,
Et n'en voudrois pas le change
Pour un gros fromage gras.
Pourquoy non, s'il me demange,
Ne le grateray-je pas ?

XXI

Pour un festin qui m'agrée
Voicy tout ce qu'il me faut :
Un plat de navets d'entrée,
Au dessert un artichaut.

1. Morceaux de verre, lit-on dans le Dictionnaire de Trévoux, qui se mettoient dans les plombs des panneaux de vitre, et qui en effet avoient toujours la forme d'un losange.

Des artichauts et des navets,
Ce sont deux sortes de mets.

Le devant et le derrière
Se sentent de ce banquet;
L'un charge la canonière
Et l'autre le pistolet.
Des artichauts et des navets,
Ce sont deux sortes de mets.

Quand j'ay vuidé mon escuelle
Des gros navets de Cléon,
J'enfoncerois la Rochelle [1]
Tout à grands coups de canon.
Des artichauts et des navets,
Ce sont deux sortes de mets.

Pour l'artichaut, il m'enflamme,
Je ne vous dis pas comment;
Demandez-le à ma femme,
Quand j'en mange elle s'en sent.
Des artichauts et des navets,
Ce sont deux sortes de mets.

XXII [2]

Amour tenoit sa seance,
Il peut y avoir trois mois,

1. Ce vers donne la date de cette chanson. Il prouve qu'elle étoit faite avant la prise de la Rochelle, et par conséquent antérieure au recueil de Gautier Garguille.
2. Cette chanson est la cent trente-sixième du *Nouveau*

Et j'ouys à haute voix
Prononcer cette sentence :
Il faut payer nuict et jour
Les arrerages d'amour [1].

Trente femmes de tous aages [2]
Sont accourues promptement
Demander le payement
De tous les vieux arrerages.
Il faut payer nuict et jour
Les arrerages d'amour

Une vieille damoiselle,
Qui caquetoit volontiers,
Alla [3] par tous les quartiers
Annoncer cette nouvelle :
Il faut payer nuict et jour
Les arrerages d'amour.

Une veufve bien gentille
Vient jurer par ses beaux yeux
Que l'on luy devoit de vieux
De quatre ans qu'elle estoit fille,

Parnasse des Muses. Nous y retrouvons cette variante au premier couplet :

Amour tenant sa séance,
Il y peut avoir un mois,
S'écriant à haute voix,
Prononça cette sentence....

1. Tout ce premier couplet a été intercalé dans la *Comédie des chansons*, p. 143.

2. Ce couplet manque dans le *Nouveau Parnasse des Muses*.

3. VAR. : *Courut*.

Qu'on lui payast nuict et jour
Les arrerages d'amour [1].

Une jeune damoiselle
Demandoit à un vielleux :
« As-tu perdu les deux yeux
En jouant de ta vielle ?
— Non, mais ce fut l'autre jour,
Payant mes debtes d'amour [2]. »

1. A la suite de ce couplet se trouve celui-ci, dans le *Nouveau Parnasse des Muses :*

Une fille de village
Souspiroit incessamment
Pour avoir le payement
De six années d'arrérages, etc.

2. Ce couplet manque dans le *Nouveau Parnasse des Muses.* Pour le comprendre, il faut se rappeler que les chanteurs et joueurs d'instrumens dans les rues, au moyen âge, et jusqu'au XVIIe siècle, étoient tous aveugles. On en a mille preuves, aussi bien en Allemagne qu'en Italie et en France. Voy. notamment un passage de Heber von Tritschelar, dans le *Leben der Heiligen*, et un autre dans *le Titurel*, fol. 164. La vielle étoit presque exclusivement à l'usage des aveugles des rues. M. Bottée de Toulmon dit, parlant de cet instrument : « Il étoit réservé aux aveugles et aux mendians, car un passage d'une chronique manuscrite de Bertrand Du Guesclin en fait mention sous le nom d'instrument truant. Eustache Deschamps dit : *Aveugles chifone aura;* enfin, on trouve dans Gerson : *Tale instrumentum vindicaverunt ipsi cœci.* » (Instruments de musique en usage dans le moyen âge, *Annuaire de la Société de l'histoire de France*, 1839, p. 189-190.) En Ecosse, parmi ces chanteurs aveugles, nous rencontrons le ménestrel Harry, *blind* Harry, ainsi qu'on l'appelle communément; en Angleterre, nous trouvons comme preuve le proverbe : *As blind as a harper,* et plusieurs passages de Ben Johnson et de Shakespeare. En Italie, on connoît entre autres *il cieco* da Ferrara, puis Paolo Britti, *il ciecco da Venetia,* ainsi qu'il se nomme lui-même en tête de la seconde édition de ses chan-

Mais je ne me sçaurois taire
De ce rude jugement;
J'en appelle promptement,
Car, ma foy, c'est trop d'affaire

sons. (Voy. sur lui un article de M. G. Duplessis, *Bulletin du bibliophile*, 1843, p. 295.) Avec un des airs chantés par ces aveugles italiens on a fait l'air d'une danse longtemps célèbre, qui pour cela s'est appelée la *Chacone*. En Espagne, on appelle encore un certain genre de chansons *romances de Ciegos*. Les aveugles se permettoient aussi des chants historiques; dans le Diable *boiteux* de Guevara (*El Diablo cojuelo*, t. 6), nous voyons un aveugle qui, monté sur une borne, chante à la foule les *romances* d'Alvar de Luna. En France, je le répète, il en étoit de même, sauf toutefois l'importance des choses chantées. On trouve déjà indiqués dans le *Propriétaire des choses*, de Corbichon, les joueurs de vielle aveugles; dans le *Mystère de la résurrection*, édit. Verard, fol. 3, on voit en scène un aveugle marchand de chansons; Rabelais, liv. 2, ch. 31, nous montre un aveugle « qui sonnoit la note avecques sa vielle »; G. Bouchet (19e *sérée*) parle de ceux qu'on faisoit venir aux noces; dans le *Francion* (1681, in-8, t. 2, p. 229), le vielleux, mandé par Hortensius pour mettre en joie ses écoliers, se plaint « de ce que son pauvre luminaire est éteint. » Dans le *Paranymphe de la vieille qui fit un bon office* (Parnasse satyrique, 1660, in-12, p. 238) il est dit :

Les aveugles, dessus leur vielle,
Ne chanteront autre nouvelle
En mendiant dans nos maisons.

Saint-Amant fait dire par le *Poëte crotté* à sa chère Sybile (édit. Livet, t. 1, p. 229) :

Remembre toy des sérénades,
Qu'en mes nocturnes promenades,
Accompagné d'un vielleur
Aveugle, afin que déceleur
De nos amours il ne put estre, etc.

Enfin, le chanteur contemporain de Gautier Garguille, le Savoyard, chanteur du Pont-Neuf, étoit aussi aveugle (D'Assoucy, *Aventures*, t. 1, p. 249).

Que de payer nuict et jour
Les arrerages d'amour [1].

XXIII

Mon Dieu, que je plains ces maris
Sujets à jalousie!
J'en ay un qui me veut nourrir
En cette tyrannie.
N'est-ce pas bien pour en mourir
Que d'avoir un jaloux mary?

J'en ay un qui me veut nourrir
En cette tyrannie;
A tout ce que je prends plaisir,
Soudain me le desnie.
N'est-ce pas bien pour en mourir
Que d'avoir un jaloux mary?

A tout ce que je prends plaisir,
Soudain me le desnie;
Il ne veut pas tant seulement
Que je voye compagnie.
N'est-ce pas bien pour en mourir
Que d'avoir un jaloux mary?

Il ne veut pas tant seulement
Que je voye compagnie;
Si tost qu'il vient quelqu'un chez moy
Il entre en frenesie.
N'est-ce pas bien pour en mourir
Que d'avoir un jaloux mary?

1. Ce couplet manque dans le *Nouveau Parnasse des Muses*.

Si tost qu'il vient quelqu'un chez moy
Il entre en frenesie;
Il emmaigrit de jour en jour
De cette maladie.
N'est-ce pas bien pour en mourir
Que d'avoir un jaloux mary?

XXIV

Mon père m'a donné mary [1],
Un faux vieillard tout racourcy,
Tant j'estois innocente,
Qui n'avoit point, qui n'avoit point
De bonne avoyne à vendre.

1. On feroit un gros recueil de toutes les chansons du genre de celle-ci. C'est à croire que chaque mariage d'une jeune fille avec un vieil homme en faisoit composer une nouvelle. Il semble que c'étoit le châtiment de ces unions mal assorties, comme les bruyans charivaris étoient la punition des veuves qui se remarioient. Dans le *VII*[e] *recueil* de P. Atteignant, 1530, je trouve déjà une de ces chansons :

Il est jour, dit l'allouette,
Sur bout, sur bout.
Allons jouer sur l'herbette.
Mon père m'a mariée
A un vieillard jaloux,
Le plus let de cette ville,
Le plus mal gratioux,
Qui ne sait, qui ne veut, qui ne veut
Faire la chosette,
Voire dà, voire dà, voire dà,
Qui est si doulcette.

Dans le recueil réimprimé en 1838, pour Silvestre, *S'ensuyvent plusieurs belles chansons*, etc., j'en trouve une autre :

Lasse! je suis mal mariée,
Et j'ai bel amy par amour.

Un faux vieillard tout racourcy.
La nuict que couchay avec luy,
Après ma longue attente,
Il me jura qu'il n'avoit point
De bonne avoine à vendre.

Parmi les chansons citées dans les *Propos rustiques* de Noël de Faïl, édit. Guichard, p. 41, il en est une de ce genre, indiquée ainsi : *Hélas! mon père m'a mariée.* Ce n'est pas tout : au nombre des messes composées en 1503, sur des thèmes d'airs populaires, comme c'étoit l'usage, il s'en trouve une du musicien Compère, ainsi indiquée : *Mon père m'a doné mari.* (Ottaviano Petrucci dei Fossombrone, etc. Wien, 1845, in-8, p. 39.) Dans la *Comédie des chansons*, p. 164, je trouve encore ce débris :

Mon père m'a mariée à un vieillard bonhomme.

Dans la troisième partie du *Roman comique* (ch. 8), ce couplet :

Mon père m'a donné mari,
Qu'est-ce que d'un homme si petit, etc.,

et enfin, de nos jours encore, la chanson *Mon père m'a donné un mari*, dont l'air, qui se trouve sous le n° 1462 de la Clé du caveau, a servi à Béranger pour ses Bohémiens. De toutes ces chansons, l'une des plus charmantes est celle en dialecte angoumois, qui a été retrouvée dernièrement, et que nous empruntons à M. Champfleury, qui l'a publiée dans son volume *le Réalisme*, p. 196-197 :

LA P'TITE ROSETTE.

Voici le jour venut } *Bis.*
Ou Rosett' s'y marie : }
A prend in homme
De quatre-vingt-dix ans;
La p'tite Rosette
N'a forment pas tiinze ans.

J'la prend par la main, } *Bis.*
J'la mène à l'église : }
«Voe-tu, Rosette,

La nuict que couchay avec luy,
Se recula et s'endormit;
Je demeuray constante,
Croyant alors qu'il n'avoit point
De bonne avoyne à vendre.

» Tés amis, tés parents?
» Ma p'tite Rosette,
» As-tu le cœur content? »

J'la prend par la main, } *Bis.*
J'la mène à la danse :
« Danse, Rosette,
» Ménage bien tés pas,
» Ma p'tite Rosette,
» Ne te fatigue pas. »

J'la prend par la main, } *Bis.*
J'la mène à la table :
« Mange, Rosette,
» Mais mange doucement,
» Ma p'tite Rosette,
» N'ébrèche pas tes dents. »

J'la prend par la main, } *Bis.*
J'la mène en sa chambre :
« Voï-tu, Rosette,
» La chambre et le bia lit,
» Ma p'tite Rosette,
» Où je pass'rons la nuit? »

Quand vint sur la minuit, } *Bis.*
Le vieillard se réveille :
« Dors-tu, Rosette?
» Dormiras-tu trejours?
» Ma p'tite Rosette,
» Pensons à nos amours. »

Quand vint le matin-jour, } *Bis*
Où Rosette s'y réveille :
« Mon Dieu, dit-elle,
» Tii l'aroit jamais dit,
» Qu'à mon mariage
» J'arés si bien dormit! »

Se recula et s'endormit.
Tout promptement je sors du lict,
Outrée et mescontente,
Disant fi de ceux qui n'avoient point
De bonne avoyne à vendre.

Tout promptement je sors du lict,
M'en vay chés mon père, et luy dist,
Faschée et mal plaisante :
« Il n'en a point, ce faux vieillard,
De bonne avoyne à vendre. »

M'en vay chez mon père et luy dist :
« Mon père, il me faut un amy
Qui librement se vante
D'avoir, au défaut du vieillard,
De bonne avoyne à vendre.

XXV

Je perdis au soir icy
Le plus joly guillery;
Je le mis dans une cage
Qui avoit le cul percé.
Obligez moy de le rendre,
Mes dames, si vous l'avez.

Je le mis dans une cage
Qui avoit le cul percé;
Le guillery fut volage,
Bien tost il s'en est allé.
Obligez moy de le rendre,
Mes dames, si vous l'avez.

Le guillery fut volage,
Bien tost il s'en est allé;
Regardez dessous vos juppes,
S'il n'y sera point vollé.
Obligez moy de le rendre,
Mes dames, si vous l'avez.

Regardez dessous vos juppes,
S'il n'y sera point vollé;
Demandez à vos servantes
S'elles ne l'ont point caché.
Obligez moy de le rendre,
Mes dames, si vous l'avez.

Demandez à vos servantes
S'elles ne l'ont point caché;
Il ne cognoist pas leur cage,
Il n'y voudra pas chanter.
Obligez moy de le rendre,
Mes dames, si vous l'avez.

Il ne cognoist pas leur cage,
Il n'y voudra pas chanter;
Et si elles l'importunent,
Elles le feront plorer.
Obligez moy de le rendre,
Mes dames, si vous l'avez.

XXVI

Navet n'avet point de vin,
Navet n'avet point de vin,
Et son valet en avet;
Et pourquoy n'en avet Navet,

Et pourquoy n'en avet Navet,
Puisque son valet en avet [1].

Navet n'avet point d'argent,
Navet n'avet point d'argent,
Et son vallet en avet;
Et pourquoy n'en avet Navet,
Et pourquoy n'en avet Navet,
Puis que son valet en avet.

Navet n'avet point de pain,
Navet n'avet point de pain,
Et son valet en avet;
Et pourquoy n'en avet Navet,
Et pourquoy n'en avet Navet,
Puis que son valet en avet.

Navet n'avet point de nez,
Navet n'avet point de nez,
Et son valet en avet;
Et pourquoy n'en avet Navet,
Et pourquoy n'en avet Navet,
Puis que son valet en avet..

XXVII.

DIALOGUE [2].

GAUTIER.

Belle, à vos charmans appas,
Ma liberté j'abandonne.

1. Ce refrain se retrouve dans la *Comédie des proverbes*, p. 165.

2. Nous retrouverons un peu plus loin une chanson du

LA FILLE.

Ma mère a dit qu'elle ne veut pas [1]
Que je caquette avec les hommes.
Gardez bien vostre liberté,
Je ne suis de vostre qualité [2].

GAUTIER.

Catin, que ton visage est beau;
Permets, mon cœur, que je le baise [3].

LA FILLE.

Vostre cœur est dans le ventre d'un veau,
Je gasterois vostre fraise.
Les filles n'y ont point d'acquets
A escouter tant de caquets [4].

même genre, aussi en dialogue. Celle-ci est la treizième des *Chansons récréatives;* seulement elle s'y trouve sans nom de personnages, et l'amoureux s'y permet le tutoiement.

1. VAR. : Ma mère a dit qu'ell' ne vouloit pas
Que je caquetisse avec personne.

2. VAR. : Je ne suis pas de vostre équalité.

A la suite de ce couplet se trouve celui-ci, dans les *Chansons récréatives :*

Vois-tu pas bien qu'en t'aymant,
Je souffre un cruel martyre?
— Ha! je pense que voire, Samon, vrayment,
Qui ne sçauroit ce que vous sçavez dire,
Les filles n'ont point d'acquet
A entendre tant de caquet.

Ces deux derniers vers sont ceux qui terminent ici le couplet suivant.

3. VAR. : Ha! que ton visage est beau!
Mon cœur, fais que je te baise.

4. VAR. : Gardez que je ne dechire vostre fraize.
Les baisers sont retournez,
Vrayment, c'est pour vostre nez.

GAUTIER.

Que je baise ton blanc sein,
Soit par finesse ou par ruse.

LA FILLE.

Arrestez-vous, il n'y a que du foin;
Sont des bestes qui s'y amusent;
Et, pour Dieu, laissez-moy en pais,
Je m'en vay racler mes navets [1].

GAUTIER.

Avez-vous un serviteur,
Dites-moy, ma mie Françoise?

LA FILLE.

Vous l'irez dire à un crocheteur,
Et puis ce seroit de la noise;
Que j'en aye ou que n'en aye point,
Pour Dieu, ne vous informez point [2].

1. Ce couplet, dans les *Chansons récréatives*, vient après celui qui le suit ici, et, sauf les deux derniers vers, il est tout à fait différent, comme on en va juger :

Hé quoi! mon cœur, mes amours,
Feras-tu toujours la grongne?
— Sans davantage de discours,
Laissez-moy faire ma besongne.
Arrestez-vous, tenez-vous en paix,
Que je ratisse mes navets.

2. Voici ce couplet tel qu'il se trouve dans les *Chansons récréatives* :

As-tu point un serviteur?
Dis-moy, qui est-il, Françoise.
Vous l'iriez dire à quelque crocheteur,
Et puis ce seroit des noises,
Que j'en ayons, que j'en ayons pas,
Je vous prie, ne vous en souciez pas.

GAUTIER.

Dittes, belle, qu'aimez-vous,
Aimez-vous bien la musique ?

LA FILLE.

Vrayment, nous voilà bien chanceux,
Il y a du monde à nostre boutique;
Sont viandes creuses que vos chansons,
On demande là-bas des chansons [1].

XXVIII

L'autre jour me cheminois
Mon chemin droit à Lyon [2],

1. VAR. : Ton esprit est-il content,
Quand il entend la musique?
— O vrayment je sommes bien chantans,
Faut-il que je m'en aille dans nostre boutique?
Ce sont viandes creuses que vos chansons,
On demande là-bas des chansons.

2. Les chansons qui commencent à peu près comme celle-ci, c'est-à-dire qui semblent être, d'après leur début, de gaillardes impressions de voyage, sont assez communes. Je citerai celle-ci, qui date de 1582, et que Castil-Blaze a donnée en partie dans son curieux livre, *Molière musicien*, t. 2, p. 186 :

L'autre jour revenois
De la foire de Rheims,
Je rencontrois trois hommes
Qui dansoient main à main.

Et cette autre aussi, qui est restée longtemps populaire :

En revenant de Saint-Denys en France,
Tricottons des jambes, etc.

Elle se trouve déjà dans la *Fleur des chansons nouvelles*, 1614, in-12, p. 409; elle est citée en partie dans le *pot-*

En mon chemin je rencontre
La fille d'un vigneron.
Elle me fit bonne chère
A la nouvelle façon.

En mon chemin je rencontre
La fille d'un vigneron.
Je luy demanday chopine,
Elle me tira du bon;
Elle me fit bonne chère
A la nouvelle façon.

Je luy demanday chopine,
Elle me tira du bon.
Quand la chopine fut bue,
Je luy demanday conton.
Elle me fit bonne chère
A la nouvelle façon.

Quand la chopine fut bue,
Je luy demanday conton;
Je bandis mon arbaleste
Par dessus mon vireton.
Elle me fit bonne chère
A la nouvelle façon.

Je bandis mon arbaleste
Par dessus mon vireton;
Je pris ma virez au bas,
Je luy mis droit dans le front.
Elle me fit bonne chère
A la nouvelle façon.

pourri du troisième volume des *Brunettes*, p. 305, et l'on sait que c'est sur le rhythme de cet air que les tambours battoient autrefois la retraite.

Je pris ma virez au bas,
Je luy mis droit dans le front.
O mon Dieu! dit la fillette,
Tu es gentil compagnon.
Elle me fit bonne chère
A la nouvelle façon.

XXIX

Fillettes, ne faites point
Comme cela les honteuses,
Lorsqu'on vous parle du point
Qui vous rend toutes heureuses.
Ce semblant ne sert de rien,
Vous l'aymez, je le sçay bien.

Et nous qui sçavons que c'est,
Ces mines nous sont indice
Que ce joly jeu vous plaist,
Sans user tant d'artifice.
Ce semblant ne sert de rien,
Vous l'aymez, je le sçay bien.

Ce bien qui vous est offert
Est un plaisir necessaire;
La nature le requiert,
Et puis amour le tollère.
Ce semblant ne sert de rien,
Vous l'aymez, je le sçay bien.

Que par vous donc estimé
Soit ce jeu qui vous fit naistre;
Vos mères l'ont bien aimé,

Sans luy vous ne pourriez estre.
Ce semblant ne sert de rien,
Vous l'aymez, je le sçay bien.

Donnez, dames, vostre amour,
Nous vous donnerons le nostre;
Nous jouerons chaque jour
A ce jeu l'un avec l'autre;
Et nous gousterons le bien
Sans faire semblant de rien.

XXX[1]

Quand je vous monstre, Janneton, (*bis*)
Mon esguille et mon peloton,
Vous me voulez mordre,
Et vous donnez, ce dit-on,
Du fil à retordre.

Si j'entame quelque discours (*bis*)
Sur le sujet de mes amours,
Vous me voulez mordre,
Et vous donnez tous les jours
Du fil à retordre.

1. Cette chanson est la dix-huitième des *Chansons récréatives*; le premier couplet s'y trouve ainsi :

Chascun sçait au pays latin
Que je suis assez beau mastin,
Si je voulois mordre.
Mais vous donnez, belle Catin,
Du fil à retordre.

Le couplet qui est le premier ici est le quatrième dans les *Chansons récréatives*.

Vous portez de petits collets, (*bis*)
A[1] vos bras force chapellets,
  Tout va d'un mesme ordre;
Mais vous donnez à vos valets
  Du fil à retordre.

Vous me dittes que vous tenez (*bis*)
Ces pauvres foulleurs pour damnez,
  Si l'on n'y donne ordre;
Et cependant vous donnez
  Du fil à retordre[2].

Je ne vous sçaurois tant parler[3],
Je sçay bien coudre et filler
  Et sçay comme il faut tordre.
Je vous prie donc de me donner
  Du fil à retordre.

Si je touche vostre teton,
Vous me menassez du baston,
  Vous me voulez mordre,
Et vous donnez pour un teston
  Du fil à retordre.

1. VAR. : *Dans.*
2. VAR. : Chacun m'a dit que vous tenez
Les pauvres baiseurs pour damnez,
  Si l'on y donne ordre.
Mais chacun dit que vous donnez
  Du fil à retordre.

3. Ce couplet et le suivant ne se trouvent pas dans les *Chansons récréatives.*

XXXI

Un berger prend sa belle
Et va dans un buisson [1],
Se jouant avec elle
D'une douce façon.
Ma foi, je les veis bien,
Mais je n'en diray rien.

Voyant la douce vie
Que menoient ces amans,
Mon âme fut ravie
De leurs contentemens.
Ma foy, je les veis bien,
Mais je n'en diray rien.

Après mille caresses
De la bouche et des yeux,
Je veis des gentillesses
Qui valoient beaucoup mieux.
Ma foy, je les veis bien,
Mais je n'en diray rien.

Mais lorsque je veis mettre
La main dedans le sein,

1. Une chanson du XVIe siècle commence à peu près ainsi :

Le berger et la bergère
Sont à l'ombre d'un buisson,
Et sont si près l'un de l'autre,
Qu'à grand' peine la voit-on...

Ces quatre vers sont cités dans la quatre-vingt-douzième des *Nouvelles* de Des Periers, et la chanson tout entière se trouve dans la *Fleur des chansons amoureuses*, 1600, in-12, p. 158-160, et dans la *Fleur des plus belles chansons*, 1614, in-12, p. 188.

Cela me fit cognoistre
Quel estoit leur dessein.
Ma foy, je les veis bien,
Mais je n'en diray rien.

XXXII

Je ne sçay que j'ay au cœur;
Toute la nuict je souspire,
Je sens une vive ardeur
Qui sans cesse me martyre.
Une bergère d'icy
Est cause de mon soucy.

Le jour je suis tourmenté
De la rigueur de ma peine,
Sans cesse je suis tenté
Par une force humaine.
La bergère que je voy
Est cause de mon esmoy.

Je pleure, estant à part moy,
La rigueur de ma tristesse,
Et faudra, comme je croy,
Que je meure de détresse.
Une bergère d'honneur
Est cause de ma douleur.

Mon mal est si gracieux
Que bien content je l'endure,
Et si doux me sont ses yeux
Que j'en ayme la blessure.

La bergère de beauté
Cause ma calamité.

XXXIII

J'ay veu Guillot en chemise (*bis*)
Contre un chesne bien à point,
Et Margot près luy assise
Qui racoutroit son pourpoint.
Je ne veux plus aller qu'à l'amble,
Car le trot ne me plaist point.

Je veis sortir une vesse (*bis*)
D'un trou qui estoit mal joint.
Je ne veux plus aller qu'à l'amble,
Car le trot ne me plaist point.

Guillot en eust la fumée (*bis*)
Par la manche de son pourpoint.
Je ne veux plus aller qu'à l'amble,
Car le trot ne me plaist point.

Je voulus voir la cheminée (*bis*)
D'où sortoit le vent si à point.
Je ne veux plus aller qu'à l'amble,
Car le trot ne me plaist point.

La cheminée a deux trous. (*bis*)
Guillot au plus long se joint.
Je ne veux plus aller qu'à l'amble,
Car le trot ne me plaist point.

Çà, dit-il, que je ramonne, (*bis*)
Que le feu n'y prenne point.

Je ne veux plus aller qu'à l'amble,
Car le trot ne me plaist point.

XXXIV

Nous avions une grande servante
Que Tifaine l'on appeloit;
Je me jouay tant avec elle
Qu'un gros garçon nous avons fait.
Vous serez mariée, Tifaine,
M'en deust-il couster mon bonnet.

Je me jouay tant avec elle
Qu'un gros garçon nous avons fait.
Quand elle se sentit enceinte,
La pauvre sotte, elle pleuroit.
Vous serez mariée, Tifaine,
M'en deust-il couster mon bonnet.

Quand elle se sentit enceinte,
La pauvre sotte, elle pleuroit.
A la fin je l'ay mariée
A un gros pitaux de valet.
Vous serez mariée, Tifaine,
M'en deust-il couster mon bonnet.

A la fin je l'ay mariée
A un gros pitaux de valet.
Quand Tifaine fut à la nopce,
De malheur elle fit un pet.
Vous serez mariée, Tifaine,
M'en deust-il couster mon bonnet.

Quand Tifaine fut à la nopce,
De malheur elle fit un pet,
Et son serviteur la regarde,
Qui dit que plus il n'en vouloit [1].
Vous serez mariée, Tiphaine,
M'en deust-il couster mon bonnet.

1. Un accident du même genre eut lieu réellement à quelques années de là dans le Dauphiné, et fut un grand bonheur pour celle à qui il arriva. « Claudine Mignot, dit M. Champollion-Figeac (*Nouvelles recherches sur le patois*, etc., 1809, in-12, p. 87-88), appelée dans son village la *Lhanda*, fille d'une herbière de Baschet, près de Meslay, à une lieue de Grenoble, fut, encore très-jeune, le sujet des empressemens du secrétaire de M. d'Amblérieux, trésorier de la province de Dauphiné. Le jour fixé pour les fiançailles, étant près de son amant, elle laissa échapper un de ces vents qui choquent en même temps le nez, l'oreille et la bienséance. Le secrétaire, offensé, se retira, et le mariage fut rompu.» Claudine Mignot n'y perdit rien, comme vous allez voir. Son aventure, qui, de toute façon, devoit faire du bruit, attira sur elle les regards, d'abord curieux, puis bientôt amoureux, de M. d'Amblérieux lui-même; il l'épousa, et mourut bientôt en lui laissant toute sa fortune par un testament que sa famille se hâta d'attaquer. La jeune veuve vint solliciter à Paris. Elle plut au vieux maréchal de l'Hospital, et devint sa femme. Le tout se fit dans la même semaine : le maréchal avoit soixante-quinze ans, il étoit pressé. Quoiqu'il n'ait pas mis tout à fait autant de hâte à mourir, il ne tarda guère pourtant. Deux ans après Cl. Mignot étoit veuve de nouveau. A quelques années de là, elle eut occasion de connoître le roi de Pologne Casimir II; il s'éprit d'elle aussi impétueusement que le maréchal, et, bien qu'il se fût fait cardinal après avoir cessé d'être roi, il l'épousa secrètement. Et toute cette fortune de Claudine Mignot venoit de ce que vous savez.

XXXV

Vous autres qui n'avez pas
Au menton barbe assez forte,
Venez et n'espargnez pas
Le trop qu'à mon cul je porte ;
Bien qu'il sente l'ambre gris,
Je vous en feray bon prix.
L'un après l'autre venez
Y apporter vostre nez.

S'il y a quelqu'un aussi
Qui ait besoin de lunettes,
Je luy en réserve icy
Une paire de bien faittes.
Qu'il vienne les essayer,
Quitte pour n'en rien payer.
L'un après l'autre venez
Y apporter vostre nez.

Si les dames de la cour
Veulent armer leur visage
Contre la chaleur du jour,
J'ay un masque à leur usage,
Doublé de poil de Ponant,
Fin et de bonne senteur.
Pour voir si je suis menteur
L'une après l'autre venez
Y apporter vostre nez.

XXXVI

En m'en allant au moulin (*bis*)
Avec le berger Colin, (*bis*)
Je rencontray sur l'herbette,
Tic tic ticque, la la la,
Je rencontray sur l'herbette
Perrette et le gros Cola.

Caché proche d'un buisson (*bis*)
Je regardois leur façon : (*bis*)
Ils faisoient par amourettes
Tic tic ticque, la la la,
Ils faisoient par amourettes
Ce qu'on appelle cela.

Que j'estime bien heureux (*bis*)
Ce beau couple d'amoureux, (*bis*)
Qui font quand ils ont envie
Tic tic ticque, la la la,
Qui font quand ils ont envie
Ce qu'on appelle cela !

Ma cruelle ne veut pas (*bis*)
Que je gouste tant d'appas. (*bis*)
Si tost que je luy veux faire
Tic tic ticque, la la la,
Si tost que je luy veux faire,
Elle dit : Laissez cela.

XXXVII

L'autre jour revenant
Tout lassé de ma vigne,
Rencontray Margoton
A l'ombre d'une espine.
Tu ne sçais pas, Pierrot,
J'ay baisé ma voisine.

Rencontray Margoton
A l'ombre d'une espine;
Aussitost je me mis
Dessus ma bonne mine.
Tu ne sçais pas, Pierrot,
J'ay baisé ma voisine.

Aussitost je me mis
Dessus ma bonne mine;
Je l'aborde en baisant
Sa bouche coraline.
Tu ne sçais pas, Pierrot,
J'ay baisé ma voisine.

Je l'aborde en baisant
Sa bouche coraline.
O Dieu! combien de fleurs
Cueillis-je soubs l'espine!
Tu ne sçais pas, Pierrot,
J'ay baisé ma voisine.

O Dieu! combien de fleurs
Cueillis-je soubs l'espine!
Viendras-tu pas, dit-elle,
Demain revoir ta vigne?

Tu ne sçais pas, Pierrot,
J'ay baisé ma voisine.

Viendras-tu pas, dit-elle,
Demain revoir ta vigne?
Non, ce luy dis-je alors,
J'ay trop mal à l'eschine.
Tu ne sçais pas, Pierrot,
J'ay baisé ma voisine.

XXXVIII

Bastiane est bien malade;
On ne sçait ce qu'il luy faut.
On va chez le medecin,
Qui n'estoit qu'un gros lourdaut.
Allez l'amble, Bastiane,
Vous allez trop rude au trot[1].

On va chez le medecin,
Qui n'estoit qu'un gros lourdaut.
Le medecin la visite
Depuis le bas jusqu'en haut.
Allez l'amble, Bastiane,
Vous allez trop rude au trot.

Le medecin la visite
Depuis le bas jusqu'en haut;
Mais le pauvre medecin
N'avoit pas ce qu'il luy faut.
Allez l'amble, Bastiane,
Vous allez trop rude au trot.

1. Ce refrain est dans la *Comédie des chansons*, p. 123.

Mais le pauvre medecin
N'avoit pas ce qu'il luy faut.
On va chez l'apothicaire,
Qui estoit un bon couillos.
Allez l'amble, Bastiane,
Vous allez trop rude au trot.

On va chez l'apothicaire,
Qui estoit un bon couillos.
Il tira de sa pochette
Sa seringue et deux pruneaux.
Allez l'amble, Bastiane,
Vous allez trop rude au trot.

Il tira de sa pochette
Sa seringue et deux pruneaux,
Luy donna cinq ou six prises
Du jus de son blanc sirop.
Allez l'amble, Bastiane,
Vous allez trop rude au trot.

Luy donna cinq ou six prises
Du jus de son blanc sirop.
Bastiane est un peu goulue;
Elle n'en faict qu'un morceau.
Allez l'amble, Bastiane,
Vous allez trop rude au trot.

Bastiane est un peu goulue;
Elle n'en fait qu'un morceau.
Bastiane, Bastiane,
Il n'y a plus rien au chalumeau.
Allez l'amble, Bastiane,
Vous allez trop rude au trot.

Bastiane, Bastiane,
Il n'y a plus rien au chalumeau;
Laissez remplir la seringue
Et vous aurez du sirop.
Allez l'amble, Bastiane,
Vous allez trop rude au trot.

XXXIX

Que nous sert de dissimuler[1] ?
Pour moy je ne puis plus celer
Que les baisers d'un jeune amy
Sont bien plus doux que ceux que donne
Un jaloux mary tout endormy.

Celle[2] à qui ce jeu[3] est plaisant
Seroit bien ingrate[4] en taisant

1. Encore une chanson de *Mal mariée*, à peu près dans le genre de celles dont j'ai parlé dans une note précédente. Dans le *Recueil* de P. Attaignant (1530), j'en trouve une à peu près pareille :

Hellas! hellas! m'avez-vous oublié?
— Nenny, di-elle, mon amy;
Amours m'en ont gardée. (*bis*)
Il vaut mieux avoir amy,
Qu'estre mal mariée.

Cette chanson est la dix-septième des *Chansons récréatives*; mais elle n'y a que quatre couplets, au lieu de six. Le premier est le même qu'ici, sauf variante; le voici :

Que sert-il de dissimuler?
Ma bouche ne peut plus te celer
Que les baisers d'un jeune amy
Sont plus doux que ceux qui viennent
D'un vieux jaloux endormy.

2. VAR. : Elle.
3. VAR. : Bien.
4. VAR. : Croiroit estre.

Que les baisers d'un jeune amy
Sont bien plus doux que ceux que donne [1]
Un jaloux mary tout endormy.

Pour qu'un baiser donne appétit [2]
Il faut qu'il nous morde un petit;
Car les baisers d'un jeune amy
Sont bien plus doux que ceux que donne
Un jaloux mary tout endormy.

Ces baisers froids et languissans
Ne nous échauffent point les sens [3],
Car les baisers d'un jeune amy
Sont bien plus doux que ceux que donne
Un jaloux mary tout endormy.

Ces plaisirs permis par les lois [4]
Dégoustent dès le premier mois;
Mais les baisers d'un jeune amy
Sont bien plus doux que ceux que donne
Un jaloux mary tout endormy.

Les dames de bon jugement
Ont un mary et un amant,
Car les baisers d'un jeune amy
Sont bien plus doux que ceux que donne
Un jaloux mary tout endormy.

1. VAR. : Sont plus doux que ceux qui viennent, etc.
2. VAR. : Je veux, pour y prendre appétit,
Un baiser qui morde un petit.
3. VAR. : Ne sauroient chatouiller nos sens.
4. Ce couplet et le suivant manquent dans les *Chansons récréatives*.

XL

DIALOGUE[1].

GAUTIER.

Belle, quand te lasseras-tu
De causer mon martyre ?

ROBINETTE.

Je n'ay ny beauté, ny vertu.
Cela vous plaist à dire.
Portez vos beaux discours ailleurs,
Car je n'aimons pas les railleurs[2].

1. Cette chanson, qui, dès 1632, fut publiée dans le recueil de Gautier Garguille, reparut en 1634, dans le *Doux entretien des bonnes compagnies, ou le recueil des plus beaux airs à danser....* Paris, Jean Guignard, 1634, in-12. Elle y figure sous le n° 34, avec beaucoup de variantes, que nous relèverons. Mais ce n'est pas là le plus curieux : il y est dit en tête du premier couplet qu'elle fut faite « par M. de Malherbe. » Le fait est singulier, mais rien n'y répugne pour qui sait combien, de l'aveu de Tallemant (2e *édit.*, t. 2, p. 256) et de Brossette (*Commentaire sur Regnier*, p. 126), Malherbe aimoit les chansons populaires et se plaisoit à aller entendre le jargon des gens de la halle. J'ai du reste expliqué dans un article que publia l'*Artiste* du 15 septembre 1850 toutes les raisons qui me portent à croire que cette attribution n'a rien d'invraisemblable ; je ne me répéterai pas. Dans la première chanson, la forme de dialogue n'est qu'indiquée et sans nom de personnages. Il n'est pas étonnant que Gautier, la reprenant, ait cru devoir s'y mettre en scène.

2. Dans ce couplet, comme dans les autres, Malherbe prend soin de faire jargonner Robinette ; il écrit *biauté*, *vartu*, *biaux*, etc., et cela afin de mettre mieux en opposition son langage avec celui du galant beau parleur qui lui adresse son hommage. Peut-être étoit-ce lui-même, car toute femme

GAUTIER.

Non, je ne raille nullement [1],
Quand je te nomme belle.

ROBINETTE.

Je sommes belle, voirement,
Mais c'est à la chandelle.
Néantmoins pas un sermonneur [2]
N'a rien gaigné sur nostre honneur.

GAUTIER.

Tu sçais bien, si tu me cognois,
Que je ne dissimule.

ROBINETTE.

Vous donnez le goux à la noix
Pour succer la pillulle.
Vrayment, qui ne vous cognoistroit
Pourroit dire qu'il en tiendroit [3].

GAUTIER.

Tu tiens dans tes lacs le phœnix
Des amoureux fidèles.

ROBINETTE.

Monsieur, je n'aimons pas l'anis,
C'est pour les damoiselles,

lui étoit bonne, comme on sait, à ce point qu'on l'appeloit partout le *père Luxure* (Sauval, t. 1. p. 324, 325).

1. VAR. : Je ne te raille nullement.
2. VAR. : Ce néantmoins un sermonneur.
3. VAR. : Vous donnez le goust à la voix,
Vous sucrez la pilule.
Framis! qui ne vous cognoistroit
Peut bien dire qu'il en tenroit.

Fust-il mil fois de Verdun :
Ma bouche abhorre le parfum [1].

GAUTIER.

Dieu! belle, que tu me fais là
De plaisantes équivoques!

ROBINETTE.

Vous estes un vray monsieur boca
Avec vos farilloques.
Pour de l'argent . . . . . bien [2],
Puisqu'on en donne tant pour rien.

GAUTIER.

De ta beauté je fus espris
En allant en vendange.

ROBINETTE.

La la, monsieur, tous vos mespris
Vous servent de louange;
C'est pour la forme seulement
Que vous faictes ce compliment.

1. Ce couplet et les deux qui suivent ne sont pas dans la chanson de Malherbe. On y trouve à la place ceux-ci, qui valent beaucoup mieux :

Il n'y a biauté sous le ciel
Qui soit à toy semblable.
— Si vou voulez parbolizer,
Allez à tous les diables,
Avecques tout vostre jargon,
Qui ne vaut pas un patagon.

En France, je suis admiré,
Comme chose adorable.
— Si vous vous étiez bien miré,
Vous iriez à l'estable,
Car vous êtes un ane bien fait,
Tant en paroles qu'en effect.

2. Ce vers se trouve ainsi dans toutes les éditions.

GAUTIER.

Faut-il qu'un esprit hebeté
Dans ce beau corps habite [1] !

ROBINETTE.

Si vous nommez laideur beauté,
J'ay en moy ce qu'ou dicte.
Vous en contez, mais vos rebus
Ne passont pour jacobus [2].

GAUTIER.

Mais quoy! N'aimer point Isabeau
Seroit commettre un crime.

1. Voici ce couplet tel qu'il est dans la chanson de Malherbe, et tel qu'il a été reproduit en partie dans la *Comédie des chansons*, p. 141 :

Faut-il voir tant de cruauté
Parmi tant de mérites !
— Si vous appelez laideur biauté,
J'avons c'en que vous dictes.
La, la, Monsieur, tous vos rebus
Ne passont point pour jacobus.

2. Monnoie d'or angloise, à l'effigie du roi Jacques Ier. Elle valoit 14 livres 14 sols. Comme l'écu d'or de France étoit loin de valoir cette somme, comme aussi, à l'époque où Malherbe dut faire sa chanson, on ne fabriquoit pas encore de louis d'or, le *jacobus* devoit être la monnoie la plus enviée à Paris, pour peu qu'elle y eût cours. Il n'est donc pas étonnant qu'elle fût nommée ici de préférence à toute autre. Elle resta longtemps célèbre à Paris. On lit dans la petite comédie de Poisson, le *Zig-Zag*, scène VI :

LEONOR.

Enfin, vous êtes indigent,
Mais ce n'est que faute d'argent.
. . . . . .

OCTAVE.

C'est un abus,
Regardez tous ces jacobus.

ROBINETTE.

C'est à Nicole du Ponceau
Qu'il faut parler en rime;
Elle respondra, car elle a leu
Les chansons de lanturlu [1].

1. Ce couplet diffère aussi de celui qui termine la ch de Malherbe:

N'aimer pas un sujet si beau,
C'est faire mille crimes.
— C'est à Nicolle du Poinciau
Qu'il faut conter ces rimes.
A respondra, car elle a lu
Les livres du père Goulu.

Ce dernier vers est à remarquer ; il prouveroit à lui seul que Malherbe, dont la querelle de Balzac avec le P. Goulu dut égayer les derniers jours, est certainement l'auteur de la chanson. Il fait surtout allusion aux lettres que le R. Père feuillant publia contre son ennemi, sous le titre de lettres de *Phyllargue à Ariste*, et qui, comme style et comme ton, ne sont pas d'une lecture trop au-dessus d'une femme des halles. La Nicolle en question peut donc les connoître, si peu qu'elle ait de littérature. Dans la *Comédie des chansons*, p. 141, le couplet est reproduit, et avec de nouvelles variantes qui justifient mon dire. Gautier Garguille ne voulut pas sans doute parler du P. Goulu qui étoit mort depuis quelques années, quand il reprit la chanson. Il aima mieux rappeler le souvenir plus gaillard du *Lanturlu*. C'étoit un air qui fut longtemps célèbre, et qu'on trouve noté parmi ceux du *Recueil Maurepas*, t. 2, p. 53. La Monnoye en fait ainsi l'histoire dans son Glossaire des *Noëls Bourguignons*, édit. Fertiault, p. 349 : « LANTURLU-LANTURE. Refrain d'un fameux vaudeville, qui eut grand cours en 1629. L'air en étant brusque et militaire, des vignerons séditieux attroupés l'année suivante à Dijon, un jeudi au soir, 28 de février, et tout le jour du lendemain, premier de mars, furent de là nommés *Lanturlus*, parce qu'ils faisoient battre cet air sur le tambour par la ville, pendant leur marche. Ils pillèrent plusieurs maisons, et cette sédition, quand on en parle, est encore appelée la *Lanturlu* de Dijon. » En 1634, cet air n'étoit plus autant à la mode. Dans la chanson quatorzième

XLI

Tout est perdu, ma voisine,
Je me brusle à petit feu.
Le traistre a fort bonne mine,
Mais il a fort mauvais jeu;
Et, puisqu'il faut vous le dire,
Il n'a pas le mot pour rire.

Ha! que n'estois-je endormie
Quand je fis ce faux marché!
Hé! ma commère, ma mie,
J'ay commis un grand peché,
Car, puisqu'il faut vous le dire,
Il n'a pas le mot pour rire.

Je le pince et je le picque
Pour l'amener à mon point;
Mais il est si pacifique
Qu'il ne se revenche point.
J'ay beau luy faire et luy dire,
Il n'a pas le mot pour rire.

du recueil le *Doux entretien des bonnes compagnies*, où il est parlé de refrains en faveur, il est dit :

Lanturlu n'est plus en règne,
Son discours est ennuyeux.

Courval Sonnet n'en disoit pas moins, dans la préface de ses satires, que toute l'époque de Louis XIII étoit faite pour être chantée sur cet air-là En 1771, il fut encore un mot de ralliement, mais tout burlesque cette fois. Le marquis de Croismare en fit la devise d'un ordre dont il s'intitula le grand-maître, et dont madame de la Ferté-Imbault fut la grande-maîtresse. On l'appela l'ordre de *Lanturelu*. (L. Lalanne, *Curiorisités littéraires*, p. 373-374.)

Mais tout ce qui me console,
C'est que sans luy dire mot
Je feray bientost la folle,
S'il fait plus longtemps le sot,
Avec un qui pourra dire
Qu'il aura le mot pour rire.

XLII

Gautier est bon cordonnier (*bis*)
Qui faisoit bien un soullier !
Mais je vous dis si juste,
Qu'il n'est rien plus juste,
Car il luy mettoit tout droit
La mesure qu'il luy falloit.

Le cordonnier voulut voir (*bis*)
Si elle en pouvoit avoir.
« Cordonnier si juste,
Qu'il n'est rien plus juste,
Je te prie, dy moy tout droit
La mesure qu'il me faudroit.

Et je te prie, n'en mens point, (*bis*)
Combien faudroit-il de point
Pour chausser si juste,
Qu'il ne soit rien plus juste ?
Je te prie, dy moy tout droit
La mesure qu'il me faudroit.

— Pour vous chausser bien à point (*bis*)
Il vous faudroit quinze point,
Mais je vous dy si juste,
Qu'il n'est rien plus juste.

Madame, voilà tout droit
La mesure qu'il vous faudroit.»

Lors il luy leva le pied (*bis*)
Et tira son chausse-pied,
  Et luy mit si juste,
  Qu'il n'est rien plus juste,
Une forme, bien à point,
De treize à quatorze point.

XLIII

Catin dormoit dessus l'herbette.
Colin leva sa chemisette;
Il vit je ne sçay quoy de noir.
Il luy dit : «Ma douce Perrette,
Je te prie, laisse moy tout voir.
Fa, la la la, la la la, la la leyre,
Fa, la la la, la la la, la la la.

— Si tu l'avois veu, je suis seure,
Tu me baiserois tout à l'heure.
— Non feray, je te le promets. »
Elle baissa sa chemisette :
« Tu ne le verras donc jamais.»
Fa, la la la, la la la, la la leyre,
Fa, la la la, la la la, la la la.

Colin, recognoissant sa faute,
S'escria d'une voix si haute :
« Mignonne, je te baiseray. »
Elle leva sa chemisette.

« Pour cela je le montreray. »
Fa, la la la, la la la, la la leyre,
Fa, la la la, la la la, la la la.

Colin la prend et si l'embrasse;
Et puis, d'une amoureuse audace,
Il la baisa cinq ou six fois.
« Reposons-nous, ma douce amie,
Car c'est assez pour cette fois.
Fa, la la la, la la la, la la leyre,
Fa, la la la, la la la, la la la.

— Recommençons, ma chère vie;
Recommençons, je t'en supplie,
Car à ce jeu je prends plaisir.
— Pardonne-moy, ma douce amie,
Car je n'en ay plus le desir. »
Fa, la la la, la la la, la la leyre,
Fa, la la la, la la la, la la la.

Colin la baise et la rebaise.
Catin ne fust jamais si aise
Quand elle vit recommencer.
Lors il luy a fait la chosette
Qu'une fille peut desirer.
Fa, la la la, la la la, la la leyre,
Fa, la la la, la la la, la la la.

XLIV

Vous estes plaisant
De couler vostre main
Tantost soubs ma jupe

Et tantost sur mon sein.
Allez plus loing faire le fou,
Monsieur, pour qui me prenez-vous?

— Vrayment, c'est pour vous;
Il vous faut un baiser.
— Vous ne mettez guerre
A vous apprivoiser.
Allez plus loing faire le fou,
Monsieur, pour qui me prenez-vous?

Colin me forçoit,
A mon contentement.
Je ne respondois
Qu'en disant doucement :
Allez plus loing faire le fou,
Monsieur, pour qui me prenez-vous?

Ce badin alors
Ne me caressant plus,
A mon grand regret
Prist ces mots pour un refus :
Allez plus loing faire le fou,
Monsieur, pour qui me prenez-vous?

Sot qui ne voit pas
Qu'on n'ose le prier,
Et que pour la mine
Au moins il faut crier :
Allez plus loing faire le fou,
Monsieur, pour qui me prenez-vous?

XLV

Auprès de Charonne[1],
Une truye cochonne
A pondu trois perroquets
Et une paire de mullets.
On a veu dame Simonne
Les coueffer de bavollets.

Une mariée,
Dès l'après dinée,
Monta sur un escabeau
Et pondit un estourneau.
Son mary la r'envoye
Pour la refondre au fourneau.

Au milieu de France
On a veu Clemence
Qui se fardoit le teton
D'une couainne de jambon.
Elle en a farcy sa panse
Pour plaire à Colin-Tampon[2].

1. *Coq-à-l'asne* dans le genre de celui que nous trouverons plus loin, et au sujet duquel nous aurons à nous étendre davantage.

2. Onomatopée formant refrain, comme *tarare-pompon*, *guéridon*, et qui, de même que ce dernier mot, finit par devenir un nom burlesque. L'air dont il faisoit partie fut choisi par les tambours suisses pour battre la marche, comme nous avons vu les tambours françois adopter l'air : *En revenant de Saint-Denis en France*, et les vignerons dijonnois celui du *Lanturelu*. De là vient que, par dérision, l'on ne donna plus aux soldats suisses que le nom de colin-tampon. Voy. les *Mémoires de l'État de France sous Charles IX*, t. 2, f° 208. Dans le *Petit cabinet de chansons nouvelles et amoureuses, recueillies de divers autheurs*, Lyon, pour Vincent

Une lavandière
Farde son derrière.
Elle luy a fait faire un estuy
Tout d'or et de cuir bouilly.
Quand elle est à la rivière
Son ponant est au midy.

XLVI

Au logis de Cupidon
J'estois le premier garçon.
Quand il mit du feu gregeois
Dedans ma soupe et dans mes pois.

Je brusle comme un tison
Pour l'amour de Marion,
Quand j'ay mangé mes navets
Je luy compose des sonnets.

Elle a gravé ses amours
Sur ma toque de velours,
Et moy sur son corset gris
J'ay painturé tous mes ennuis.

Elle conte tous les mois
Mes perfections par ses doigts,
Et moy avec des jettons
Je luy calcule ses oisons.

de Cœursilly, 1614, petit in-16, p. 34, se trouve une *chanson joyeuse propre pour boire à la suisse, sur un chant nouveau*. Son refrain est : *Colin-tampon*, et il est certain qu'elle se chantoit sur le vieil air dont je viens de parler.

L'autre jour aux Quinze-Vingts
Je luy donnay des raisins
Pour luy lascher doucement
Tous les affaires du ponant.

XLVII

Ma commère, quel courroux
Me vient saisir le courage!
Maudit soit le mariage
Et les maris qui sont doux!
Chez nous le mien fait le sage,
Partout ailleurs il est fou.

Vous voyez ce bel espous
N'avoir soin que du mesnage.
N'ayez pas peur qu'il s'engage
A me rien dire chez nous,
Car il y fait trop le sage,
Partout ailleurs il est fou.

Il me flechit les genous
Quand il revient du village.
Mais à quoy sert cet hommage?
Il ne me fait rien du tout,
Car il y fait trop le sage,
Partout ailleurs il est fou.

Je luy dy : D'où venez-vous?
Et de crier je fais rage,
Pensant l'aigrir davantage
Pour en avoir quelque gous;
Mais il y fait trop le sage,
Partout ailleurs il est fou.

Je confesse avecque vous
Que je suis un laid visage;
Mais la nuit j'ay l'advantage,
Il y devroit prendre gous.
Mais chez nous il fait le sage,
Partout ailleurs il est fou.

XLVIII

Pour échauffer mon vieillard[1]
J'ay beau chercher des ruses[2],
J'ay tousjours du vieux penart
De nouvelles excuses.
Sa carcasse est immobile
En ce que[3] je vais cherchant;
Mais, s'il veut vivre[4] inutile,
Je n'en veux pas faire autant.

Tous ses membres, à demy-morts[5],
Font une anathomie;
Ce qu'il a d'humeur au corps
S'en va par sa roupie;
Le reste, sec et debile,
N'a rien de ce qui plaist tant.
Mais, s'il veut vivre inutile,
Je n'en veux pas faire autant.

1. La vingt-huitième des *Chansons récréatives*.
2. VAR. : J'ai beau changer de ruses.
3. VAR. : A ce que....
4. VAR. : Estre.
5. VAR. : Tous ses membres demy-mort.

Quand nous sommes entre deux dras [1]
  Tous deux couchez ensemble,
Bien qu'il soit entre mes bras,
  Il a [2] si froid qu'il tremble.
Il me dit : Margot, ma mie,
Dormons, car il en est temps [3].
Mais, s'il veut vivre inutile,
Je n'en veux pas faire autant.

Dans son fascheux entretien [4],
  Sans cesse il me sermonne,
Pour vivre en femme de bien,
  Qu'il ne faut voir personne.
Sa remonstrance inutile
N'a rien de ce qu'il prétend ;
Car, s'il veut vivre inutile
Je n'en veux pas faire autant.

Tousjours sa jalouse humeur
  Encontre moy s'irrite,
Tant l'impuissant a de peur
Des cornes qu'il mérite.

1. VAR. : Dessus les draps.
2. VAR. : Il est.
3. VAR. : Il me dit : Margot, ma fille,
  Dormons, car il en est temps.
4. Ce couplet est le dernier dans les *Chansons récréatives*, mais avec force variantes, comme on en va juger :

De son fascheux entretien,
  Tousjours il me sermonne
Que pour vivre en femme de bien
  Il ne faut voir personne.
Sa remonstrance incivile
  N'est pas bien ce que j'entens,
Car.....

Car, bien qu'il soit mal habille,
Encore juge-t-il pourtant
Que, s'il veut vivre inutile,
Je n'en veux pas faire autant [1].

LXIX [2]

Une fille de village,
Avecque son bavolet,
Elle m'a presté sa cage,
Pour loger [3] mon perroquet.
Et pourquoy, puisqu'on y pense
Le plus souvent en dormant,
Ne dira-on en [4] la danse
Le petit mot en passant?

Elle m'a presté sa cage
Pour loger mon perroquet;
La cage estoit trop petite,
Il n'y entra que le bec.
Et pourquoy, puisqu'on y pense
Le plus souvent en dormant,

1. A la suite de ce couplet, se trouve celui-ci dans les *Chansons récréatives* :

Il peut croire assurément
Que, puis qu'il est de glace,
J'auray quelque jeune amant,
Qui tiendra mieux sa place,
Il faut bien chercher en ville,
De quoy me payer comptant :
Car, s'il veut estre inutile,
Je n'en veux pas faire autant.

2. La deuxième des *Chansons récréatives*.
3. VAR. : mettre.
4. VAR. : à.

Ne dira-on en la danse
Le petit mot en passant ?

La cage estoit trop petite,
Il n'y entra que le bec;
Puis, poussant et faisant rage,
Il y entra tout à fait.
Et pourquoy, puisqu'on y pense
Le plus souvent en dormant,
Ne dira-on en la danse
Le petit mot en passant ?

Puis, poussant et faisant rage
Il y entra tout à fait;
Et, quand il y fut entré,
Dieu sçait comme il gazouilloit!
Et pourquoy, puisqu'on y pense
Le plus souvent en dormant,
Ne dira-on en la danse
Le petit mot en passant ?

Et, quand il y fut entré,
Dieu sçait comme il gazouilloit!
Il s'en va de chambre en chambre,
Tout jusques au cabinet.
Et pourquoy, puisqu'on y pense
Le plus souvent en dormant,
Ne dira-on en la danse
Le petit mot en passant ?

Il s'en va de chambre en chambre,
Tout jusques au cabinet,
Et de là à la cuisine,
Pour voir si le pot bouilloit.
Et pourquoy, puisqu'on y pense
Le plus souvent en dormant,

Ne dira-on en la danse
Le petit mot en passant ?

Et de là à la cuisine,
Pour voir si le pot bouilloit ;
Mais il y choqua si fort,
Qu'il respandit le brouet.
Et pourquoy, puisqu'on y pense
Le plus souvent en dormant,
Ne dira-on en la danse
Le petit mot en passant ?

L[1]

Alizon, tenant Philaire
Pour estre sien,
Le supplie de luy faire
Vous, vous, vous m'entendez bien;
Mais Philaire dit, en colère,
Qu'un viel pot ne valloit rien.

Elle, qui soudain renfrongne
Ses vilains yeux,
Luy dit, en faisant la trongne :
« Fou, fou, fou, parle un peu mieux. »
Qui veut un bon luth de Boulongne[2]
Ne prend-il pas des plus vieux ?

Alizon, quoy que tu face
En ton couroux,
Je fuis ta vieille grimace,
Com, com, com un vieil chien fous.

1. La première des *Chansons récréatives.*
2. VAR. : Qui veut un luth.

Jamais un bon chien de chasse
Ne furrette en des vieux trous.

Alizon, pleine de rage
En ce congé,
Luy dit : « Tu me fais outrage,
Vi, vi, vilain enragé. »
On aime mieux un fromage
Que les mittes ont mangé.

LI [1]

Je m'en allay à Bagnolet,
Où je trouvay un grand mulet

1. Ce *coq-à-l'âne*, qui se trouve, sous le nº 3, dans les *Chansons récréatives*, est le type du genre. C'est celui qu'on cite toujours pour exemple. Est-il de Gautier Garguille? Pas plus sans doute que beaucoup d'autres chansons de son recueil. Je ne l'ai toutefois trouvé dans aucun livre plus ancien. L'étymologie du mot *coq-à-l'âne* n'est plus à chercher. Elle est toute dans ce passage de Henry Estienne, en son *Traicté de la conformité du langage françois avec le grec* : « Si traictant un tel argument, je *saulte* souvent du *coq à l'asne*, comme on dit, cela ne devra être trouvé estrange » ; et dans ces vers du *Loyer des folles amours*, p. 316 :

Par mon serment,
De moy, vrayment,
Vous vous raillez,
Trop vous faillez;
Car vous saillez
De *Cocq en l'asne* évidemment.

On avoit d'abord appelé *fatrasie, fatras* simple ou double, *fatras fatrouillé*, ce genre de galimatias. On en peut voir un exemple dans le *Nouveau recueil des fabliaux* publié par M. Achille Jubinal, t. 1, p. 208-224. Mais, à partir de Marot et de sa fameuse épistre du *coq-à-l'asne*, c'est ce dernier mot qui prévalut quand on voulut désigner, comme dit Sebilet en son *Art poëtique*, « cette espèce de satire pour la variété des non cohérents propos que les François expriment par le proverbe du sault du *coq-à-l'asne*. » Satire est

Qui plantoit des carottes.
Ma Madelon, je t'aime tant,
Que quasi je radotte.

bien le mot qu'il faut. En effet, et ce fut une variété du genre, on trouva moyen de tourner en malice les inepties du *coq-à-l'âne*, en y mêlant à de grosses vérités triviales des allusions aussi transparentes que possible sur les affaires du temps. Comme le *fatras* primitif, cette nouvelle façon de *coq-à-l'âne* fut un genre essentiellement picard. Voy. Pierre Lefèvre, *Art de pleine rhétorique*, 1521, 2e liv., fol. 29. On le désigna sous le nom de *Coq-à-l'âne de la Truye au foin*. La *Muse chasseresse*, de Guillaume du Sable, 1611, in-12, en contient deux pièces de cette espèce. Voici le commencement de la première :

J'ai voulu, monsieur, vous escrire,
Chose dont vous ne ferez que rire,
Et pour vous saluer de loin :
Ce sera de la truye au foin,
Vieil quolibet de Picardie....

Pendant la Ligue et à l'époque qui suivit, on vit paroître beaucoup de ces pièces, notamment le *Coq-à-l'asne et chanson sur ce qui s'est passé en France puis la mort de Henry de Valois*, réimprimé à Lyon en 1843; le *Coq-à-l'asne récréatif, nouvellement composé contre les huguenots de La Rochelle; Coq-à-l'asne de Sancerre et de la Charité*, pièces en couplets qui se trouvent l'une et l'autre dans le *Sommaire de tous les recueils de chansons tant amoureuses, rustiques que musicales*, etc., Nicolas Bonfons, 1578, in-12, p. 70, 73. *Les advis de Charlot à Colin*, que nous avons publiés au tome 8, p. 237, des *Variétés historiques et littéraires*, sont encore une pièce de ce genre. La règle étoit celle-ci : « Ait à garder expressément, dit P. Lefèvre, que chacune ligne ait sa sentence parfaicte, et bien rentraincte » ; mais on ne la suivoit pas toujours. L'un des derniers venus, Collé, s'y soumit un des mieux dans son coq-à-l'asne en proverbes :

Trop parler nuit,
Trop gratter cuit,
Trop manger n'est pas sage.
A barbon gris
Jeune souris,
L'amour est de tout âge, etc.

Je m'en allay un peu plus loing,
Trouvay une botte de foing
Qui dansoit la gavotte.
Ma Madelon, je t'aime tant,
Que quasi je radotte.

Je m'en allay en nostre jardin,
Trouvé un chat incarnadin
Qui décrottoit ses bottes.
Ma Madelon, je t'aime tant,
Que quasi je radotte.

Je m'en reviens en nostre maison [1],
Où je rencontray un oyson
Qui portoit la callotte.
Ma Madelon, je t'aime tant,
Que quasi je radotte [2].

1. Wolff, dans son recueil, p. 118, a donné tout le *coq-à-l'âne*, hormis ce couplet.

2. Après ce *coq-à-l'âne*, l'un des plus célèbres est celui dont MM. Burgaud des Marets et Rathery ont cité ce couplet dans leur édition de Rabelais, t. 1, p. 54 :

Les mouches qu'étoient au plafond
Qui se crevoient de rire,
Y en a une qu'a tant ri bon
Qu'elle s'est cassé la cuisse.
Tout y est vert, ah! j'en sais long,
Tout y est vert dans nos maisons.

Disons, pour finir, que l'*amphigouri* est un genre bâtard de celui-ci, et peut-être plus bête encore. On peut en trouver un exemple dans le *Recueil Maurepas*, t. 2, p. 381.

LII [1]

Jean, cette nuict, comme m'a dit ma mère [3],
Doit m'assaillir, mais je ne le crains guère.
Si
Ma mère n'en est pas morte,
Je n'en mourray pas aussi.

Je ne suis pas de ces folles badines,
Qui font venir à l'ayde leurs voisines.
Si
Ma mère n'en est pas morte,
Je n'en mourray pas aussy.

Quelque vigueur qu'il ait dans la bataille,
Je ne fuirois pas quatre de sa taille.
Si
Ma mère n'en est pas morte,
Je n'en mourray pas aussi.

Je pense bien qu'il me mettra par terre,
Mais quoy qu'il soit sur moy dans cette guerre,

1. Cette chanson porte le n° 4 des *Chansons récréatives*. Le refrain se trouvoit aussi, bien auparavant, mais sous une autre forme, dans le premier *Recueil de P. Attaignant*, n° 2 (1530) :

Tu disois
Que j'en mourrois,
Menteuse que tu es,
Tu disois,
Tu disois
Que j'en mourrois,
Menteuse que tu es;
Ta mère n'en mourut pas, etc.

Si,
Ma mère n'en est pas morte,
Je n'en mourray pas aussi.

LIII [1]

Mon père m'a mariée
A un vieillard fort jaloux.
Le premier jour de mes nopces,
S'en va au marché de Tours.
Mouvons, mouvons les genoux,
Nous ne les mouverons pas tousjours.

Le premier jour de mes nopces,
S'en va au marché de Tours;
Il m'a achepté trois aulnes,
Trois aulnes de fin velours.
Mouvons, mouvons les genoux,
Nous ne les mouverons pas tousjours.

1. Encore une de ces chansons de mariés mal assortis dont nous avons déjà parlé, en faisant remarquer comment c'étoit un commencement de punition infligé par l'opinion publique à ces unions ridicules. Il est question dans le *Moyen de parvenir* (1745, in-12, t. 2, p. 86) des chansons satiriques et passablement licentieuses qu'on chantoit aux noces, et dont les ménétriers ne manquoient pas de faire entendre l'air sur leurs instrumens en ramenant les époux du *moutier*. Celles qui étoient du genre de celle-ci ne sont pas citées; mais ne croyez pas moins qu'elles durent être des plus répétées et des plus applaudies. D'ordinaire, dans ces chansons, c'est la mariée qui est en scène, et qui se plaint. J'en sais une, toutefois, où c'est l'époux qui parle. Elle se trouve dans la *Fleur des chansons*, p. 198. Comme elle est curieuse, et que d'ailleurs elle auroit bien pu donner à Molière l'idée

Il m'a achepté trois aulnes,
Trois aulnes de fin velours;
Il m'a fait faire une robbe,
Qui m'y vient jusqu'aux genoux.
Mouvons, mouvons les genoux,
Nous ne les mouverons pas tousjours.

de son *Georges Dandin*, nous allons vous la faire connoître :

Mon père m'a marié,
Pensant mon grand profit faire,
A la fille à mon voisin,
Qui pour moy ne veut rien faire.
On dit qu'elle est demoiselle;
Mais, de moy, je n'en sais rien,
Et moy, qui suys tant bonhomme,
J'en soupire et n'en dis rien.

L'autre jour, ma femme fit
Une tartre de fromage.
Je luy en demande un petit;
Luy fis-je pas grand outrage?
Elle m'en baille au visage.
Encor me dit-elle : Tiens!
Et moy, je suis tant bonhomme,
J'en soupire et ne dis rien.

Elle prit ce qui resta,
Et s'en alla chez le prestre.
Je la suivis pas à pas,
Regardant par la fenestre.
Je vis ma femme et le prestre
Qui dépensoient tout mon bien,
Et moy, qui suis tant bonhomme....

Je ne seray plus cocu,
Tous les diables puissent être
Pour elle et pour ses escus!
Je veux enfin estre maistre.
Me feray couronner prestre :
Ma femme les aime bien, etc.

Il m'a fait faire une robbe,
Qui m'y vient jusqu'aux genoux;
Mon amy y est venu,
Qui a mis la main dessous.
Mouvons, mouvons les genoux,
Nous ne les mouverons pas tousjours.

Mon amy y est venu,
Qui a mis la main dessous;
Il a treuvé une dame,
Il s'est mis à deux genoux.
Mouvons, mouvons les genoux,
Nous ne les mouverons pas tousjours.

Il a trouvé une dame,
Il s'est mis à deux genoux;
Luy bailla une chandelle,
Qui n'est pas de suif du tout.
Mouvons, mouvons les genoux,
Nous ne les mouverons pas tousjours.

LIV[1]

J'ay vu des jeunes fillettes
S'ébattre, dedans un pré,
A dix mille jeux honnestes,
Comme il leur venoit à gré.
Helas! que n'estois-je là,
Pour rouler comme cela!

L'une chante, l'autre danse;
Chacune prend son plaisir,

1. La sixième des *Chansons récréatives*.

S'entrebaise et s'entr'embrasse,
Jouyssant de leur désir.
Hélas! que n'estois-je là,
Pour rouler comme cela!

La plus petite s'advise,
A ce que j'ay veu de loing,
A brider sa grand'chemise,
Pour mieux rouler sur le foing.
Helas! que n'estois-je là,
Pour rouler comme cela!

Les voilà toutes induites
Afin de mieux debutter;
Je croy que la plus petite
Sa part n'en voudroit quitter.
Helas! que n'estois-je là,
Pour rouler comme cela!

Une brunette, entre toutes,
D'une nouvelle façon
Se rouloit à la renverse
Avec un beau gros garçon.
Helas! que n'estois-je là,
Pour rouler comme cela!

Peu s'en faut que je ne meure
De ce départ si soudain;
Mais je croy qu'à la mesme heure
Ils [1] y reviendront demain,
Et je me trouveray là,
Pour rouler comme cela.

1. VAR. : Elles.

LV [1]

Un jour un mignon de Paris
Disoit à sa coquette :
« Et vrayment je suis bien marry,
J'ay gasté ma manchette ;
J'ay un rabat de point couppé,
Que vous verrez après souppé. »

Elle respond en souspirant,
D'une façon mocqueuse :
« Je cognois à vos beaux discours
Que vous lisez Nerveze [2] ;
En vérité je vous le dis,
Vous sçavez tous vos Amadis. »

1. Cette chanson avoit déjà paru, et sans la moindre variante, dans les *Airs du Berger amoureux, ou la troisième partie du Parnasse des chansons à danser et à boire, recherché par les plus braves poëtes de ce temps*, Paris, Ch. Hulpeau, etc., 1627, in-12, p. 209.

2. Les ouvrages du Poitevin Ant. de Nervèze faisoient alors loi pour le bien dire. Il donnoit même leçon de beau langage ; on lit dans le *Commerce de nouvelles rétabli*, etc., 1649, in-4 : « Nervèze et des Escuteaux raffinèrent leur style et commencèrent à parler phœbus. Ils furent les mignons des dames ; quelques-unes les portoient, au lieu d'heures, à l'église. S'il se formoit entre elles quelque différens touchant un terme, on s'en rapportoit à Nervèze, et qui l'eût voulu contredire eût été chassé comme un peteux de la compagnie. » Sorel rend aussi témoignage de l'autorité de Nervèze, comme maître du bien dire, dans ce passage du *Francion*, 1663, in-8, p. 362 : « Je vous laisse à penser s'il avoit manqué à feuilleter tous les livres d'amour de la France, pour y recueillir de belles fleurs oratoires, et si l'on ne connoissoit pas bien à ses discours qu'il avoit leu Nervèze. »

Entendant ce discours discret,
Rajusta sa rotonde,
Et renoua le rubant vert
De sa moustache blonde,
Disant : « Vous dites vrai, Cloris,
On le dit par tout à Paris. »

Vous avez un terrible esprit,
Entre vous autres hommes,
Car vous parlez tousjours d'amour,
Ainsi que Meliflore;
Avecque vostre doux parler,
Vous nous venez ensorceler.

Belles qui charmez le destin
Avec vos gands d'Espagne,
Puis que l'aurore du matin
Çà-bas nous accompagne,
Et que vos beaux yeux sont si doux,
Adieu, je prends congé de vous.

LVI[1]

Je me boutte à la débauche,
J'en suis tout esbalobé;
Un catarre m'est tombé
Dessous la mamelle gauche.
Guillot me dit l'autre jour
Que c'estoit le mal d'amour.

Son humeur me dissimule,
Sans que j'aye aucun repos;

1. La neuvième des *Chansons récréatives*.

J'ay treuvé [1] tout à propos
Un medecin sur sa mule,
Qui me dit fort bien et beau
Que je n'estois qu'un gros veau.

Et puis j'ay Martin en teste;
Margot dit qu'elle ayme mieux [2]
Janot qui a Gouvieux [3],
Entend le valet de feste.
M'en voilà tout espouvanté :
Mal sus mal [4] n'est pas santé.

Sous ombre d'un peu de tarre
Que son père eut pour retrait,
C'est un bourgeois en portrait.
Morguenne ! comme il se carre !
Mais soit limestre ou bureau,
Il n'est que le natureau.

Margot estoit doulouzée,
Et je luy dis en ce point :
« Pourquoy ne m'aime-tu point ?
Tu seras mon espousée. »
Mais, sans respondre, Margot
Soudain me fendit l'argot [5].

1. VAR. : J'ai trouvé.
2. VAR. : Qu'elle aymoit mieux.
3. VAR. : Qui à Gouvieux.
4. VAR. : Mal sur mal....
5. *Fendre l'argot* ou *l'ergot*, s'enfuir. Le gamin de Paris dit aujourd'hui : *Je me la casse, je me la brise.*

LVII [1]

Je resve en ma memoire
Cinq ou six bonnes chansons,
Pour dire avec ces garçons,
Cela j'entends [2] après boire :
Branlons, c'est trop cajoler,
Bran qui ne voudra bransler.

Je vous dirois la Guimbarde [3],
Mais tout le monde la sçait;

1. La dixième des *Chansons récréatives*. Au premier vers je trouve cette variante :

Je réserve en ma mémoire.

2. Var. : Cela s'entend.

3. C'étoit l'air à la mode depuis 1606. Il servoit pour une danse réglée par le fameux Dupont (Voy. les *Caquets de l'accouchée*, p. 59, et les *Variétés historiques et littéraires*, t. 3, p. 266-267, note). On le connoît et on le chante encore, c'est l'air *Dupont mon ami*. Philidor l'a donné au commencement du premier volume de son *Recueil de ballets*, dont le manuscrit existe à la Bibliothèque du Conservatoire; il se trouve parmi les airs notés du *Chansonnier Maurepas*, t. 1, p. 233, et dans la dernière édition de la *Clé du caveau*, n° 1550. Je ne sais par exemple sur quoi se fonde M. Capelle quand il dit, p. 261, que cet air est de Gillin, qui ne vivoit qu'un siècle après. Dupont et la Guimbarde devinrent fameux de compagnie. Il parut, en 1620, un petit livret sous ce titre : *Les Amours du fidèle Du Pond et de la constante Guimbarde, où sont representez les infortunes et traverses qu'ils ont euz jusqu'au jour de leur heureux mariage*, à Paris, 1620, in-8. En 1657, Loret nous montre, dans sa feuille du 24 février, les passagers du coche de Montereau, dont

Les uns, d'humeur assez gaillarde,
Chantoient Dupont et la Guimbarde.

Détachez luy son lacet,
Vous la verrez plus gaillarde.
Branlons, c'est trop cajoler,
Bran qui ne voudra bransler.

J'ayme une grosse nourrice,
Vous ne sçavez pas pourquoy?
C'est qu'aussi tost qu'elle boit,
Tout aussi tost elle pisse.
Branlons, c'est trop cajoler,
Bran qui ne voudra bransler.

Dites-moy, dame Francine,
Vous monstrez tous vos genoux.
Sus, garçons, resveillons nous,
Que chacun baise la sienne.
Branlons, c'est trop cajoler,
Bran qui ne voudra bransler.

Le bas d'une vieille asnesse
Que je montois l'autre jour
En allant faire l'amour
M'a tout escorché la fesse.
Branlons, c'est trop cajoler,
Bran qui ne voudra bransler.

LVIII[1]

Comme je suis au désespoir!
Mon mary ne me veut plus voir;
Il dit tousjours : Fi de l'amour!

1. La onzième des *Chansons récréatives*.

Vendredy, samedy, ma commère,
Vendredy, samedy, sont deux jours.

Quel aage peut-il bien avoir,
Qu'il ne vous rend plus de devoir?
A-il manqué beaucoup de jours?
Vendredy, samedy, ma commère,
Vendredy, samedy, sont deux jours.

Ma commère, il n'est pas si vieux
Que s'il vouloit il feroit mieux;
Mais il est quinteux et jaloux.
Vendredy, samedy, ma commère,
Vendredy, samedy, sont deux jours.

Le mien m'en vouloit faire autant,
Mais je l'ay changé à l'instant
A un qui baise nuict et jour.
Vendredy, samedy, ma commère,
Vendredy, samedy, sont deux jours.

LIX [1]

Ce fut sur nostre montée,
Ha! que je suis infortunée!
Qu'un galand m'a rencontrée.
O le meschant malheureux!
Ha! que je suis infortunée!
Nostre poulle a cassé ses œufs.

Qu'un galand m'a rencontrée,
Ha! que je suis infortunée!

1. La douzième des *Chansons récréatives*.

Où il m'a très-bien cognée ;
Jamais je ne veis tel cogneux.
Ha ! que je suis infortunée !
Nostre poulle a cassé ses œufs.

Où il m'a très-bien cognée,
Ha ! que je suis infortunée !
Mais moy qui suis obstinée,
Pour un coup j'en rendis deux.
Ha ! que je suis infortunée !
Nostre poulle a cassé ses œufs.

Mais moy qui suis obstinée,
Ha ! que je suis infortunée !
Maistresse en suis demeurée,
Dont il fut le plus honteux.
Ha ! que je suis infortunée !
Nostre poulle a cassé ses œufs.

Maistresse en suis demeurée,
Ha ! que je suis infortunée !
Ma mère y est arrivée,
Qui nous a criez tous deux :
Ha ! que je suis infortunée !
Nostre poulle a cassé ses œufs.

LX[1]

Mon père avoit deux garçons,
Qui alloient à l'escolle ;

1. La quatorzième des *Chansons récréatives*. — L'*équivoque* du refrain est un souvenir des *bigarrures* de Des Accords, Rouen, 1620, in-12, p. 26.

Ils sçavoient quasi par cœur
Toute leur patenostre.
Le petit est mort, et le grand vit,
Et le grand vit encore.

Ils sçavoient quasi par cœur
Toute leur patenostre;
Ils sçavoient conter cinq sols,
Sans manquer d'une obole.
Le petit est mort, et le grand vit,
Et le grand vit encore.

Ils sçavoient compter cinq sols,
Sans manquer d'une obole;
Mais là dessus arriva
La mort, qui tout dévore.
Le petit est mort, et le grand vit,
Et le grand vit encore.

Mais là dessus arriva
La mort, qui tout dévore;
Elle a pris le plus petit,
Et nous a laissé l'autre.
Le petit est mort, et le grand vit,
Et le grand vit encore.

LXI [1]

Un gros garçon de village
Cullebuttoit sur du foin;

1. La dix-neuvième des *Chansons récréatives*.

Margot le voyant de loin
S'approche et tint ce langage :
Ta cullebutte ne vaut rien,
Un peu d'ayde fait grand bien.

Tu fais bien le difficile [1]
Et fais peu d'estat de moy,
Me voyant si près de toy,
Va cullebutter sans fille [2].
Ta culbute ne vaut rien,
Un peu d'ayde fait grand bien.

Un masle et une femelle
Ont un plaisir plus parfait;
Car la cheute que l'on fait
Est beaucoup plus naturelle.
Ta cullebute ne vaut rien,
Un peu d'ayde fait grand bien.

Quand elle eust dit la parole,
Ce drosle l'a culbutté;
Mais, se sentant culleté,
A crié comme une folle :
Cognois-tu pas, grand vaurien,
Qu'un peu d'ayde fait grand bien!

LXII [3]

Donne-moy ton pucelage,
Disoit Pierrot à Thoinon.

1. VAR. : Tu fais bien la difficile.
2. VAR. : Que de culbuter sans fille.
3. La vingtième des *Chansons récréatives*.

Elle respondit que non.
Ma foy, tu n'es qu'une beste,
Je te feray des présens
Plus beaux que les courtisans,

Une paire de noisettes
Avec un fromage gras,
Un devantier et des draps.
Donne-moy tes amourettes,
Je te feray des présens
Plus beaux que les courtisans.

Si j'ay ce que je pourchasse,
Je te promets un gasteau,
Une quenouille, un fuzeau
Pour retordre ta fillasse;
Je te feray des présens
Plus beaux que les courtisans.

Ces beaux mignons de la ville
Pour rien te feront l'amour,
Et tu te plaindras un jour
De ta jeunesse gentille.
Je te feray des présens
Plus beaux que les courtisans.

Deux perles orientales
Et un ruby cabochon
Desgarny de capuchon;
Veux-tu que je les estalles?
Je te feray des présens
Plus beaux que les courtisans.

LXIII[1]

Mon compagnon et moy, un jour par fantaisie,
Je nous allions promener le long d'un verd
En mon chemin je rencontray [boccage;
Un gros et gras et large sacq.

Le panier que c'estoit estoit tout plein de neffles;
L'advocat est d'avis que c'estions des grenouilles.
Je luy ay dit tout en riant :
Je vous remercie de bien bon cœur.

Que ne vous marie n'en, la belle jeune fille,
A un beau cordonnier de noble parentage,
Qui ayt de l'or et de l'argent
Pour acheter de beaux habits tous neufs ?

LXIV[2]

Un jour madame Pasquette
Me mena dans son jardin,

1. La vingt-unième des *Chansons récréatives*.

2. Je ne trouve pas cette chanson dans moins de quatre recueils bien antérieurs à celui de Gautier Garguille : d'abord parmi les plus *belles chansons* de Chardavoine; puis dans le *Recueil de chansons nouvelles*, etc., Nic. Bonfons, 1581, liv. 4, f. 26; dans le premier recueil de toutes les chansons nouvelles, tant amoureuses, rustiques que musicales, 1598, fol. 38; enfin dans la *Fleur des chansons amoureuses*, 1600, fol. 169. Seulement, dans tous ces recueils, *Pasquette* devient *Parette* ou *Perrette*. G. Garguille, en choisissant pour les chanter les airs du temps de Henri IV, prouvoit qu'il connoissoit bien son public. Rien ne lui plaisoit mieux que

Me donna par amourette
Un boucquet de romarin, [dames,
Et autre chose et tout que vous entendez, mes-
Et autre chose et tout que vous entendez tretous.

Je luy dis bas à l'oreille :
Ma douce amie, baise moy,
Baise moy à la pareille,
J'en ay besoin, sur ma foy;
Et d'autre chose et tout, etc., etc.

Point ne fit de la mauvaise :
Je la jettay à l'envers,
Puis je l'accolle et la baise,
Veis ses genoux descouverts,
Et autre chose et tout, etc., etc.

Ainsi, comme pouvez croire,
Cela me mit en humeur;
Puis survint une colère
Qui me fit gonfler le cœur,
Et autre chose et tout, etc., etc.

Je commençay à combattre :
La pauvrette se rendit
Deux ou trois fois, voire quatre;
Puis l'haleine me faillit,
Et autre chose et tout, etc., etc.

ces vieilles chansons. « Si, disoit Des Côteaux le flûtiste, si je joue à ma fenêtre un air du Pont-Neuf, une brunette du temps d'Henri IV, tout le monde s'arrête. Si je fais entendre un air nouveau, quel qu'il soit, les Parisiens ne le comprennent point et passent leur chemin.» (Castil-Blaze, *Molière musicien*, t. I, p 443.) Cette chanson se trouve aussi, bien entendu, parmi les *Chansons récréatives ;* elle est la cinquième. Le nom de Perrette y remplace celui de Pasquette.

Prenez du vin, dit la belle,
Pour vous remettre en humeur.
Par ma foy, madamoiselle,
Le vin me fait mal au cœur,
Et autre chose et tout, etc., etc.

Devisons un peu, dit-elle;
Me voulez-vous jà laisser?
Par ma foy, madamoiselle,
Je suis las de deviser,
Et autre chose et tout, etc., etc.

LXV[1]

Un gros mignon espousa une fille
Qui accoucha dès la nuit ensuivant.
Comment, dit-il, suis-je bien si habile,
Du premier coup avoir fait un enfant?
Comment cela? toutes les nuits autant,
Au bout de l'an j'en aurois à foison.
Adieu vous dy, femmes qui portez tant,
Vous rempliriez d'enfans une maison[2].

Si vos filles mal adverties
N'ont aucune occupation,

1. La vingt-deuxième des *Chansons récréatives*. Voici le premier vers :

Un gros garçon espousa une fille.

2. Dans les *Chansons récréatives*, ce couplet est le deuxième, et celui qui est le premier ici, se trouve le second.

Frottez leur [1] le cul d'orties,
Elles auront occupation ;
Et je croy que sans fiction
Tant penseront à le gratter
Qu'elles trouveront l'invention
De souvent leurs fesses frotter [2].

Un advocat dit à sa femme :
Sus, ma mie [3], que jouerons-nous ?
Si je gaigne, dit la dame [4],
Vous me baiserez quatre coups.
Quatre coups, c'est couché trop gros ;
Comment, ce seroit sans pitié ?
Non, mon maistre, tenez les tous,
Dit le clerc, je suis de moitié [5].

Le clerc d'un procureur trouva
Un jour madame sur un lict [6],
Lequel tout soudain se força [7]
Luy donner en dormant deduit.
La dame s'éveille au conflit ;
Dit librement : Je le diray.
— Et par bieu donc, je m'en iray
Sans parachever le surplus.
—Va, va, dit-elle, non feray ;
Achève, mais n'y reviens plus [8].

1. VAR. : Frottez-leur fort.
2. VAR. : Que trouvèrent invention
De souvent le faire frotter.
3. VAR. : La, m'amie, etc.
4. VAR. : Se dict la dame.
5. VAR. : J'en suis de moitié.
6. VAR. : Sur son lict.
7. VAR. : S'esprouva.
8. VAR. : Achève et n'y retourne plus.

Maistre Aubertin [1], cajolleur de fillettes,
Fier [2] crocheteur de leurs désirs couverts,
Cajolla tant une des plus jeunettes
Qu'à son plaisir la fist mettre à l'envers.
Or leurs plaisirs tant furent descouverts [3],
A la grand'mère on conta tout le fait.
Va, va, dit-elle, meschant, vilain infect,
As-tu voulu luy faire un tel outrage [4] ?
Que plust à Dieu que tu me l'eusse fait [5],
Et qu'elle n'eust point perdu son pucelage [6] !

LXVI

Il nous faut avoir des tondeux en nos maisons :
C'est pour tondre la laine à nos moutons.
Tondez la nuict, tondez le jour,
Tondez les tous les quinze jours
Et tous les trois semaines,
Et puis les compagnons viendront,
Qui ton, qui ton, qui tonderont,
Qui tonderont la laine.

1. VAR. : Ambrelin.
2. VAR. : Fin.
3. VAR. : Tant leurs plaisirs y furent descouverts
Qu'à la grand' mère, etc.
4. VAR. : As-tu voulu commettre....
5. VAR. : J'aymerois mieux que tu me l'eusses fait.
6. A la suite de ce couplet, se trouve celui-ci dans les *Chansons récréatives* :

Un mary frais dit à sa demoiselle :
Souperons-nous, ou ferons le deduict ?
Faisons lequel vous plaira, ce dit-elle,
Mais le souper n'est pas encore cuit.

Il nous faut avoir des cardeux en nos maisons :
C'est pour carder la laine à nos moutons.
Cardez la nuict, cardez le jour,
Cardez les tous les quinze jours
Et tous les trois semaines,
Et puis les compagnons viendront,
Qui car, qui car, qui carderont,
Qui carderont la laine.

Il nous faut avoir des fileurs en nos maisons :
C'est pour filer la laine à nos moutons.
Filez la nuict, filez le jour,
Filez les tous les quinze jours
Et tous les trois semaines,
Et puis les compagnons viendront,
Qui fi, qui fi, qui fileront,
Qui fileront la laine.

Il nous faut avoir des fouleurs en nos maisons :
C'est pour fouler la laine à nos moutons.
Foulez la nuict, foulez le jour,
Foulez les tous les quinze jours
Et tous les trois semaines,
Et puis les compagnons viendront,
Qui fou, qui fou, qui fouleront,
Qui fouleront la laine.

LXVII

Je ne voudrois pas estre,
Verduron, durette,

Je ne voudrois pas estre
Femme d'un medecin.
Ont toujours le nez au bassin,
Ont tousjours le nez au bassin,
Ne sentent que la merde,
Verduron, durette,
Ne sentent que la merde
Le soir et le matin.

Je ne voudrois pas estre,
Verduron, durette,
Je ne voudrois pas estre
Femme d'un advocat.
Ont tousjours le nez sur le sac,
Ont tousjours le nez sur le sac,
Pour juger de l'étiquette,
Verduron, durette,
Pour juger de l'étiquette
Le soir et le matin.

Je ne voudrois pas estre,
Verduron, durette,
Je ne voudrois pas estre
La femme d'un chastré.
Ils ont le menton tout pelé,
Ils ont le menton tout pelé,
Et n'ont point de sonnettes,
Verduron, durette,
Et n'ont point de sonnettes
Qui réveille au matin.

Je ne voudrois pas estre,
Verduron, durette,
Je ne voudrois pas être
Femme d'un courtisant.

Ce ne sont rien que mesdisans,
Ce ne sont rien que mesdisans,
Et font mille amourettes,
Verduron, durette,
Et font mille amourettes
Le soir et le matin.

Mais je voudrois bien estre,
Verduron, durette,
Mais je voudrois bien estre
Femme d'un menusier.
Ils ne font rien que cheviller,
Ils ne font rien que cheviller,
Et fouiller en la cassette,
Verduron, durette,
De ces jeunes fillettes,
Le soir et le matin.

FIN DES CHANSONS.

TABLE

DES CHANSONS

Pages.

Paris. — Imprimé par E. Thunot et Ce,
rue Racine, n° 26.

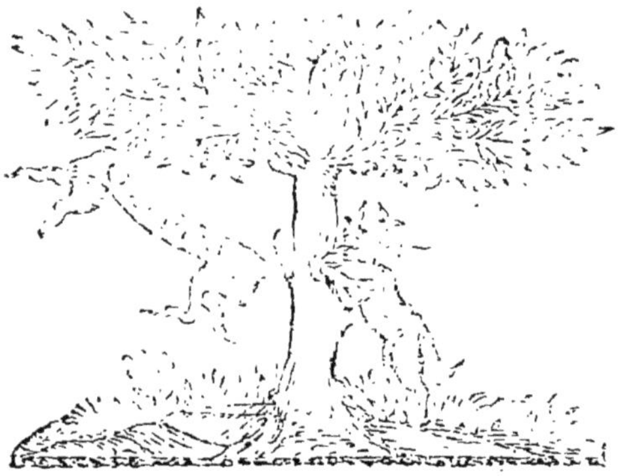

www.ingramcontent.com/pod-product-compliance
Ingram Content Group UK Ltd.
Pitfield, Milton Keynes, MK11 3LW, UK
UKHW031913260826
14628UKWH00003B/1168

9 782014 433708